디폴트

일러두기

본 소설은 사실과는 전혀 관계없는 허구임을 밝힙니다.
최대한 정확한 금융 용어를 사용하려 노력하였으나, 일반 독자들의 이해를
돕기 위해 일부 금융 용어를 변형하여 사용하거나, 일부 설명을 비약하여 표
현하였습니다.

°추천의 글

이 책은 디폴트라는 무겁고 다소 딱딱할 수 있는 주제를 기관 투자자의 시각에서 소설 형식으로 생동감 있고 이해하기 쉽게 설명하고 있다. 특히 저자의 다양한 경험을 바탕으로 현실적인 요소를 가미해 기관투자자의 어려움과 고충을 잘 표현하고 있다. 대체투자를 하기 위해서는 발생 가능한 이벤트들에 대한 이해가 요구되고, 딜이 제대로 작동하지 않을 경우 워크아웃에 대한 이해가 필요하다는 것을 다시금 일깨워 준다. 대체투자 현업자뿐 아니라 대체투자에 관심 있는 개인에게도 일독을 권한다.

– 윤제성 뉴욕생명 자산운용 최고투자책임자(윤제성의 월가의 투자 저자)

금리인상지속, 부동산PF대출부실, 경기침체로 디폴트가 증가하고 있는 시기에 아주 시의적절한 소설이다. 박진감 넘치는 전개와 흥미로운 이야기는 독자들을 사로잡을 것이다.

– 김진우 前 군인공제회 대체투자본부장, 現 Greensledge 한국대표

실무경험을 바탕으로 실제 사례를 보는 듯한 구성이 흥미롭습니다. IB 현장에서 생기는 일들에 대한 간접 경험이 될 것으로 기대합니다.

– 장윤석 법무법인 세종 파트너 변호사

   글재주는 없지만 시(詩)를 읽고 외우는 것을 즐기던 청년. 벌써 두 번째 책을 출간하게 되었습니다. 첫 번째 책을 출간한 지 불과 몇 해 전 같은데 시간은 벌써 9년이나 흘렀습니다. 감회가 새롭습니다.

   점점 나이가 들수록 예전에는 명확했던 것들이 희미해지고, 옳다고 생각했던 것들이 그를 때가 많아지는 것을 느낍니다. 우리는 매 순간 선택의 기로에 서 있습니다. 그리고 그 선택에 대해 책임지는 삶을 살아야 합니다.

축제에 대한 대가를 지불하는 시기. 축제는 소수가 즐기지만 그 대가는 모두가 치러야 하는 모순. 우리는 어려운 시기를 맞이하고 있습니다. 각자 마음속의 끈을 다시 동여매고, 버티고, 살아남아야 하는 시대가 오고 있음을 느끼고 있습니다.

저의 소설이 누군가에게는 흥미가 되기를, 다른 이에게는 교훈이 되기를, 그리고 또 다른 누군가에게는 위로가 되기를 바랍니다.

남다른 각오로 맞이하는 2024년에

오윤석

°차례

豹變

표변

「명사」 태도와 행동이 급변함. 신의와 약속은 전연 무시하는 태도

1 표변

중국 광둥성. 수백 명은 수용이 가능할 듯한 대회의실. 높은 층고는 시야를 탁 트이게 하고 건물의 기둥은 화려한 용무늬 금장으로 장식되어 있다. 전면 통창으로 이루어져 한눈에 들어오는 밖의 풍경이 기둥과 조화를 이룬다. 무게가 수백 킬로는 될 듯한 기다랗고 네모난 대리석 책상에 사람들이 둘러앉아 있다.

대리석 정중앙에 벗겨진 대머리에 동파육 몇 접시는 한 끼에 먹을 듯한 불룩한 배를 가진 사람이 앉아 있다. 그의 이름은 왕등룬. 따이산(太山) 그룹의 회장이다.

그는 걸걸하면서도 당당한 성조로 이야기했다. 마치 무림의 영웅이 사람들 앞에 이야기하듯 외쳤다. 흡사 무당파의 당주 장삼풍이 제자들에게 말하는 듯했다.

"저희는 올해 중국 주식 시장에 Company S를 상장시킬 예정입니다! 현재 상장을 위해 투자금을 유치하고 있으며, 저와 오랜 인연을 가진 광둥성의 국유업체가 투자를 검토 중입니다."

말을 마친 그는 눈을 지그시 감고 과거를 회상했다.

30년 전, 갓 서른이던 왕등륜은 장사를 시작했다. 광둥성 지역 유력 공산당원이었던 아버지는 자신처럼 입당하길 바랐지만, 입담과 수완이 좋았던 왕등륜은 자신에게는 장사가 제격일 것 같았다.

왕등륜은 먼저 당시 중국에서 구하기 힘든 해외 브랜드 의류와 신발을 들여와 중국 내 유지들에게 팔았고 꽤 많은 이문을 남겼다. 그리고 자신이 장사를 통해 번 돈과 부모의 힘을 빌려 광둥성에서 가장 큰 신발 공장을 지었다.

그에게는 운이 따랐다. 그가 신발 공장을 짓자 나이키, 아디다스 등 글로벌 신발 브랜드들이 원가 절감을 위해 인건비가 낮은 중국에 하청을 맡기기 시작했기 때문이다.

왕등륜은 회사 이름을 따이산(太山)이라 지었다. 광둥성에서 가장 큰 산이 될 소망을 품으며. 그의 소망은 오

래가지 않아 이루어졌다. 광둥성에서 가장 큰 빌딩을 지었고, 중국에서 가장 큰 신발 공장을 지었다.

1만 명에 달하는 회사 직원이 퇴근하는 시간에는 회사 정문에 오토바이, 자전거, 도보로 걷는 사람들을 포함한 수십 개의 줄이 끊기지 않을 정도였다.

그는 더 큰 산을, 자신만의 제국을 만들고 싶었다. 그는 더 이상 글로벌 기업의 하청업체가 아니라, 중국의 나이키를 만들고 싶었다.

그런 그는 일본, 프랑스에 있는 신발 브랜드를 차례차례 인수했다. 그리고 미국 내 인지도가 높은 Company S도 인수했다. Company S 인수 당시 따이산 그룹은 매출 8조원, 시가총액 20조원의 회사로 성장했다.

왕 회장은 기업 인수 시 적극적으로 투자를 유치했다. 투자자들은 열광했다. 중국 사람들에게 화장품을 하나씩만 팔아도 10억 개는 팔 수 있다는 말이 통용되던 시기였으므로 신발 하나씩만 팔아도 10억 개를 팔 수 있다는 왕 회장의 포부가 투자자들의 마음에 가닿았다.

머지않아 중국이 G2가 아니라 미국을 넘어서는 경제

대국이 될 거라고 사람들이 의심치 않으며 장밋빛 전망을 내놓던 시기이기도 했다.

이러한 시기였으므로 왕 회장은 투자금을 유치하기가 쉬웠다. 2조원에 달하는 인수대금을 1.5조원을 빌려서 조달했다. 1조원을 선순위* 채권으로, 5천억을 후순위 대출로 빌렸다. 즉, 왕 회장은 5천억의 자금만을 사용해서 2조원의 회사를 인수한 셈이다.

왕 회장의 꿈인 중국의 나이키가 되는 것은 곧 실현될 듯 보였다.

한 사내가 앞에 있는 마이크를 두드린다. 왕 회장이 빌린 5천억원의 후순위 대출 중 가장 큰 자금을 댄 의사연금 소속이다. 의사연금은 한국 내에서 가장 큰 연금 중 하나로 의사들의 노후 연금 재원을 마련하기 위해 만들어졌다.

---

* 선순위, 후순위란, 돈을 빌려 간 사람 혹은 기업이 돈을 갚아야 하는 순위를 의미하고, 돈을 빌려준 사람 혹은 기업이 돈을 돌려받을 수 있는 순위를 나타낸다. 즉, 후순위는 선순위 다음으로 돈을 받을 수 있는 권리를 가진 채권자이다.

의사연금은 총 운용자산 40조원으로 국민연금 다음으로 큰 규모로써 한국에서 명실상부 주요 투자자에 속하는 기관이다.

사내의 이름은 마동훈 차장. 의사연금에서 처음으로 중국 기업이 미국 기업을 인수할 때 투자를 집행한 담당자다.

마 차장이 다소 떨리듯 격앙된 목소리로 말했다.

"원금은 고사하고 벌써 이자가 연체된 지 1년째인데, 언제쯤 이자를 받을 수 있을까요?"

통역사의 시끄러운 성조가 메아리마냥 회의실을 울린다.

왕 회장은 지그시 감았던 눈을 번쩍 떴다. 그리고는 갑자기 두 손으로 머리를 감싸 쥐고 흐느끼는 듯한 기색을 보였다.

천하를 호령하던 당주의 목소리와 기세는 자취를 감추었고, 몰래 사탕을 훔치다 걸린 아이처럼 어찌할 바를 몰랐다. 목소리가 가늘고 비겁하게 바뀌었다.

"국유업체에서 투자를 위한 실사를 진행 중이고, 곧 상장을 위한 자금이 마련될 것입니다…. 상장을 위한 자금이 마련되면, 빌린 돈을 투자자 여러분들에게 지급할 수 있을 겁니다. 조금만 더 시간을 주십시오…."

마 차장은 다시 마이크를 잡았다. 한층 더 격앙된 목소리로 이야기하려다, 사레가 들었는지 헛기침을 했다.

기침 소리는 높은 천고에 닿아 울렸고, 창문은 부르르 떨렸다. 주변에 있는 왕 회장의 비서들과 따이산 그룹의 임원들은 무겁게 가라앉았다.

"그 말을 한지가 벌써 반년이 지났습니다. 어떻게 아직도 확정이 안 되는 건가요? 국유기업으로부터 자금을 유치할 수 있다는 게 맞습니까?"

왕 회장은 떨리듯 말했다.

"죄송합니다. 죄송합니다. 조금만 더 시간을 주십시오. 뚜이붙이…."

처음으로 따이산 그룹과의 회의에 참석한 나로서는 신선한 충격이었다. 마치 변검 공연을 보는 듯 순식간에 바뀌는 얼굴. 당당함이 비굴함으로 바뀌는 찰나를 보고 있는 일은 마치 현실감이 떨어지는 공연을 보는 느낌이었다.

군자는 표범처럼 변하고 소인은 얼굴만 바뀐다는 옛말이 있지만, 왕 회장이 이렇게 급격하게 바뀌다니 놀라울 따름이다. 나는 왕 회장을 보면서 한 사람이 떠올랐다.

고선조 팀장. 그는 업계에서는 품성이 온화하고 사람들의 이야기를 잘 듣는 사람으로 알려졌다. 내가 경력직으로 농업인공제회에 합격하고 처음으로 그를 카페에서 대면했다.

출근 전이었지만 그는 자신이 부리고 일을 시킬 직원이 누구인지 궁금했을 것이다. 나도 팀장으로 모실 사람이 누군지 궁금했고 무엇보다 다닐 만한 회사인지가 궁금했다.

커피 잔을 사이에 두고 묘한 긴장이 흘렀다. 그는 조심스럽게, 하지만 목소리에 자신감을 실어 이야기했다.

"나도 전문계약직으로 들어왔는데, 올해 정규직이 되었어요. 오 차장이 회사가 마음에 들면 언제든지 정규직으로 전환해서 다닐 수 있을 거예요."

나는 당연한 이야기로 여겼다. 전에 다니던 회사도 큰 하자만 없으면 다 정규직으로 전환을 해줬으니, 여기도 마찬가지일 거라 생각했다.

농업인공제회는 다른 공제회와 마찬가지로 농업인들의 윤택한 노후를 조금이나마 돕기 위해 만들어졌다. 매년 일정 금액을 납입하는 농업인들의 자금을 투자하고 불려 그들이 노년에 쓸 자금을 돌려받을 수 있게 하는 기금이다.

의사연금만큼 크지는 않더라도 설립한 지 십 년 만에 자산 규모 10조원의 중형 기관으로 성장했다. 농민들이 불입한 자금을 불려서 더 큰 금액을 돌려줘야 하므로 투자는 농업인공제회의 핵심 사업이자, 주요 수익 원천이다.

출근을 해 보니 서너 명은 있어야 할 자리에 한 명이 앉아 있었다. 그분은 나보다 족히 대여섯 살은 많아 보였는데 내가 얼마나 반가웠는지 책상을 닦아주고 자리를 열심히 정리해 주었다.

돈을 벌어야 하는 핵심 부서에 몇 달간 거의 세 사람의 역할을 혼자서 감당하고 있었으니 내가 얼마나 반가웠을지 짐작이 간다. 그래서인지 적응을 빨리할 수 있었다. 텃새고 뭐고 당장 눈앞에 닥친 일들을 해결하는 것이 중요했기에 이것저것 따질 계제가 아니었다. 그러면서 사람들과 우애도 조금씩 쌓였다.

내가 회사에 적응하는 동안 고 팀장은 자신의 실체를 서서히 드러내기 시작했다. 어떻게 얼굴 낯빛을 하나도 바꾸지 않고 이럴 수가 있을까, 생각한 적이 한두 번이 아니다.

해외출장을 가기 위해 미리 비행기 표를 끊어둔 적이 있었다. 회사에서 승인이 떨어지고 나서 비행기 표를 예약하면 좌석을 잡기도 어렵거니와 티켓 가격도 치솟는 경우가 많았다. 그래서 출장 승인이 나기 전에 개인 돈으로 미리 비행기 표를 예약하는 경우가 많았다.

그런데 대뜸 출장 심사에서 출장을 부결한 것이 아닌가. 아무런 이유 없이 부결되었으니 팀장이 나서 주어야 하는데, 그는 걱정하는 척 "어떻게 하냐…?" 이 한마디만 던지고는 자신은 미팅이 있다며 회의실로 나 몰라라 가버린 적이 있다.

결국 옆 부서 팀장이 나서서 손해 본 취소 비용을 십시일반 사람들에게 모아 메꿔줬다.

입사한 지 3년 정도 지났을 무렵, 점심을 먹으러 가는 길에 고 팀장에게 물었다.

"팀장님, 정규직 전환 이야기는 언제쯤 나올까요?"

내 입으로 뭐를 해달라고 한 적이 별로 없거니와, 이런 말 하는 것 자체가 뻘쭘했지만 더 이상 기다리기만 할 수 없어 물었다.

고 팀장은 짐짓 머뭇거리더니 먼 산을 바라보면서 말했다.

"회사 사정이 조금 어려워진 상황이니, 우리 회사보다 훨씬 나은 회사를 알아보는 게 좋을 것 같다…. 그리고 필요하면 내가 다른 회사 추천해 줄게…."

어딜 가든 시간이 지나면, 대충 돌아가는 것만 봐도 상황 파악이 된다. 회사에 온 지 3년 정도 지나니, 많은 사람을 알게 되었고 친해지게 되었다.

대학교 선배들이 모인 저녁 자리에 인사팀 출신의 선배가 왜 정규직 전환이 안 되는지 그 이유를 알려 주었다.

그 이유는 황당했는데, 바로 고 팀장이 정규직 전환을 하는 과정에서 인사팀이 징계를 받았기 때문이란다. 그 일로 전문계약직의 정규직 전환 길이 막히게 됐다고 했다.

고 팀장이 그 사실을 알고서도 "오 차장이 회사가 마음에 들면 언제든지 정규직으로 전환해서 다닐 수 있을 거예요"라고 웃으면서 말을 했다니, 매우 괘씸하기 짝이 없었다. 피가 거꾸로 솟는 기분이었다.

물론 내가 입사하기 전에 팀원이 한 명밖에 없어 존립의 위기였으니 내가 듣고 싶은 말을 했을 수도 있다. 하지만, 앞길을 막은 장본인이 그렇게 이야기했다는 것을 알고 나니 황당하기 짝이 없었다.

아마도 의사연금의 마 차장이 지금 나와 비슷한 심정
이지 않을까. 왕 회장의 원대한 꿈을 이루는데 2천억이
라는 거금을 빌려줬는데, 지금에 와서 갚기가 힘든 상황
이니 좀 봐달라고 하니 말이다.

업계에선 전임자가 투자하고 후임자에게 골치 아픈 관
리 업무를 맡기고 간 투자 건을 레거시, 유산이라 칭한
다. 나는 선배가 남기고 간 유산을 물려받은 지 얼마 되
지 않아, 회의장에서 짐짓 팔짱을 끼고 돌아가는 상황을
파악하는 수준에 가까웠다.

어떤 이들은 이러한 유산을 달가워하지 않고 전임자들
을 원망하기도 한다. 하지만, 투자는 조금 더 성공 확률
이 높은 쪽에 돈을 거는 확률 싸움이다.

각종 위험을 측정하고 위험 대비 적절한 수익률을 얻
을 수 있는가에 대한 판단의 영역이기 때문에 누구나 한
번쯤은 실패할 수 있다.

더군다나 우리가 투자하는 자산은 은행 예금보다 족히

5% 이상 수익률이 높은 투자 건이니, 위험이 따를 수밖에 없는 투자라 할 수 있다. 이러니 향후 수년 뒤에 내가 투자한 건에서도 부실이 발생하지 않으리란 보장이 없다.

고개를 돌려 창밖을 바라보았다. 그해 가을, 창밖의 노을은 지평선 위에서 한없이 붉었고 한없이 게을렀다. 엎드려 있는 건물 덕에 더욱 광활하게 느껴졌다.

내 귀에선 타국의 문장과 문장이 흩어지고 단어와 음절이 흩어졌다. 타국의 낯선 풍광은 이색적이고 아름다웠으나, 그들의 말은 나의 마음에 닿지 못했다.

豹變

未練

미련

「명사」 깨끗이 잊지 못하고 끌리는 데가 있는 마음

² 미련

투명한 술잔이 부딪치며 작은 파도가 찰랑일 때, 나의
마음과 당신의 마음이 파동으로 전해진다. 매끄럽고 둥
그런 양철통 위에서 삼겹살은 노릇하게 익어 간다.

고기보다 맛있는 안주는 삶의 이야기이다. 누구는 어
떻게 살고 있고, 누구는 이렇게 살고 있다고. 저마다의
이야기들이 모여 주변을 채운다.

너무나 와자지껄해 같은 언어를 사용하지만 알아듣기
힘든 여러 삶의 고뇌들이 가득하다. 그 삶의 고뇌들을
뚫고 나의 이야기를 하기 위해 더 큰 소리로, 더 힘차게
잔을 부딪친다.

택시에 탔다. 같은 방향이라 선배가 먼저 타고, 먼저

내리는 내가 탔다. 둘 다 취기가 오른 상태였으므로 마음에 있는 말들이 한층 가벼워진 필터를 통해 나왔다.

"오 차장, Compnay S는 상장을 해야 해. 중국 시장에 상장하면 다 해결돼…"

그 선배는 다른 회사로 옮긴 지 반년 정도 지났지만, 농업인공제회에서 자신이 투자했던 Company S가 계속 신경 쓰였던 모양이다.

모든 사람은 자신의 경험에 비추어 세상을 바라본다. 강렬했던 경험일수록 더 진한 색깔의 안경이 된다.

그 선배는 다른 회사로 이직하기 전에 상장 직전인 기업에 투자했고 IPO에 성공해서 꽤 높은 수익을 거둔 경험이 있다. 그래서인지 더 상장이라는 수단에 집착하는 것처럼 보였다.

"상장, 즉 기업공개(Initial Public Offerings)는 투자금 회수의 수단 중 하나일 뿐이다. 회수 방법으로 상장만을 생각하는 사람은 투자금 회수에 어려움을 많이 겪이 보지 않은 아마추어일 가능성이 크다."

언젠가 들은 김 팀장의 말이 떠올랐다.

나도 다른 모든 이들과 마찬가지로 자신의 경험에 비추어 세상을 바라본다. 나의 경험 중에 강렬했던 것들 중 하나는 첫 회사에서의 겪었던 배움들이다. 그러한 것들을 알려 준 사람 중 하나가 김 팀장이다.

기관들은 투자를 잘하는 운용사를 골라서 운용사에 자금을 맡기고, 선정된 운용사에서 투자 대상을 물색한 후에 투자하는 방식을 흔히 사용한다.

첫 직장에 입사한 지 2년이 채 되지 않았을 때였다. 우리가 자금을 맡긴 운용사의 임원과 운용사가 투자한 기업에서 법에 어긋나는 행위를 한 것이 적발되었다.

투자를 받은 P사에서 운용사 임원에게 법인카드를 주고 개인적인 용도로 사용하도록 해주면서, P사의 회장도 회사 돈을 개인 용도로 착복한 것이 드러났다.

강남에서 열린 P사 회장의 소명 장소에 참석했다. 휠체어에 실려 오는 P사 회장은 마스크를 쓰고 왔다. 마스크를 벗은 그의 혈색은 나쁘지 않아 보였다.

짜내듯 뱉어내는 기침 소리와 가래를 뱉는 소리가 귀에 거슬렸다.

"저에게 한 번만 기회를 주십시오…. 죄송합니다. 다시는 이런 일이 일어나지 않도록…, 콜록. 제가 다시는 이런 일이 발생하지 않도록 재발을 방지하고…, 꼭 코스닥 시장에 상장을 완료하겠습니다…. 콜록."

소명의 변이 끝난 뒤, P사 회장은 투자자들과 한 명씩 인사를 나누었다. 그는 악수하기 위해 맞잡은 내 손등 위를 두 번 툭툭 치면서 말했다.

"저기, 내가 당신 회사의 전임 대표님과 친분이 있는데, 잘 좀 부탁합니다."

그 짧은 악수의 순간, 나는 완전히 느꼈다. 소명회는 투자자들을 기만하기 위한 연극일 뿐이라는 것을 말이다.

소명회 이후 투자자들은 후속 처리를 위한 위원회를 소집했다. 참석자들의 전원 동의로 운용사를 교체하고 기업의 경영권을 장악해 회사를 매각하기로 했다.

P사 회장이 허튼짓을 하지 못하도록 처분금지가처분 신청을 했고, 이후 기업을 매각해 순조롭게 투자금을 회수할 수 있었다.

중국 출장 이후, 일주일 만에 대책회의를 위해 대주단이 모였다. 대주(貸主)는 돈을 빌려준 채권자를 의미하는데, 대주단 회의는 채권자들이 모이는 것을 의미한다.

　통상적으로 빌린 돈의 이자와 원금을 빌려 간 사람이 제때 갚는다면 대주단 회의를 개최하는 일은 없다. 그러므로 대주단 회의는 떼인 돈을 받기 위한 대책회의라고 보면 된다.

　강남에 위치한 운용사 사무실. 좁은 회의실에 왕 회장에게 돈을 받지 못하고 있는 6개 기관의 실무자, 팀장급들이 모였다. Company S의 인수 자금 중 후순위 5천억을 빌려준 기관들이다.

　의사연금의 마동훈 차장, 농업인공제회 정찬성 팀장, 오한비 차장, 부광화재, 신민은행과 민평증권의 팀장, 차장들이 모였다. 대략 12명 남짓의 인원이었다.

　국내 운용사의 대표인 김대훈 대표가 오늘 회의 안건을 이야기했다.

　"바쁘신데 다들 시간 내주셔서 감사합니다."

　살짝 잠긴 목소리가 갈라지며 퍼졌다.

"저희가 투자금을 회수할 수 있는 방법은 크게 세 가지입니다. 흠 흠."

김 대표는 갈라진 목소리를 다듬고 다시 집중해서 이야기를 이어 나갔다.

"첫 번째 방법은 왕 회장이 상장을 추진하고 자금을 유치하고 있으니 조금만 더 믿고 기다리는 방법입니다. 첫 번째 방법이 저희로선 가장 쉬운 방법이지만, 왕 회장은 6개월간이나 약속을 지키지 않았기 때문에 신뢰하기가 힘든 상황입니다. 그래서 연체된 이자를 일부라도 갚을 수 있는지 계속 독촉하고 있습니다."

다들 불안한 눈빛을 교환했다.

"두 번째 방법은 저희가 빌려준 후순위 대출에 대한 권리를 다른 투자자들에게 할인해서 매각하는 방법입니다. 이 경우, 이미 돈을 갚지 않은 지 꽤 된 상태라 저희가 빌려준 돈보다는 제값을 쳐주지 않을 가능성이 큽니다. 그래도 저희가 빌려준 수준으로 후순위 대출에 대한 권리를 사살 수 있는 기관이 있는지 계속 물색하고 있습니다."

이어 김 대표가 세 번째를 설명했다.

"세 번째 방법은 저희가 담보권을 실행해서 경매에 부치는 방법입니다. 경매에 부쳐서 매각하거나, 매수자가 없으면 저희가 지분을 매입해야 할 수도 있습니다. 그리고 담보집행은 저희가 가보지 않은 길이기 때문에 여러 험난한 여정이 있을 수 있습니다.

그나마 불행 중 다행인 점은 Company S의 실적이 회복하고 있다는 것입니다."

세 번째 방법까지 설명한 김 대표가 의견을 구했다.

"여러분들의 고견을 경청하고자 합니다. 어떻게 할지 의견이 있다면 알려 주시면 감사하겠습니다."

담보권 실행 이야기가 나오자, 다들 헛기침을 했다. 담보권을 실행한다는 것은 대주단이 최후의 수단을 쓴다는 이야기이고, 정상적인 대출 투자는 실패했다는 것을 의미한다.

이미 원금과 이자를 갚기로 한 기간이 1년이나 지난 시점이었기에 채무불이행 상태지만, 투자자들은 희망의 끈을 붙잡고 싶어 했다. 의사연금의 마 차장에게 이목이 쏠렸다.

자본주의 사회에서는 투자한 금액의 크기만큼 말의 무게가 실린다. 가장 많은 돈을 투자한 기관을 앵커(Anchor) 투자자라고 한다. 무거운 닻처럼 중심을 잡아주기 때문에 앵커라는 말이 생겨났다.

의사연금은 5천억 중 2천억을 투자한 앵커 투자자이다. 이것이 다들 마 차장의 입을 주목하는 이유이다.

마 차장은 키가 대략 백팔십 정도이고 또렷한 이목구비에 탄탄한 근육질을 가진 사내다. 거기다 헤어스타일은 짧은 투블록을 해서 풍채만 본다면 상남자에다 돌직구를 시원시원하게 날릴 것 같은 스타일이다.

하지만, 겉모습과는 다르게 다른 사람에 대한 배려심이 많고 여린 면이 많은 사내다. 그래서인지 선뜻 먼저 말을 하지 않았고 망설이는 듯했다. 또한, 말의 무게감 때문에 함부로 말하지 못하는 것이기도 했으리라.

이때쯤 나도 물려받은 자산에 대한 히스토리와 내용이 어느 정도 파악된 상태였다. 최근에 Company S의 실적이 회복하고 있는 상태라 담보집행을 해도 될 것 같은 느낌이 들었다. 그래서 목소리를 가다듬었다.

"제가 봤을 땐, 후순위 대출이 채무불이행 상태인데 상장을 위한 자금 모집이 쉽지 않을 거 같습니다. 그리고 왕 회장은 약속을 어긴 지 벌써 6개월이 넘었습니다. 계속 믿고만 있을 수 없을 것 같다는 판단입니다.

그리고, 채무불이행이 발생했을 때는 기업 실적이 지금보다는 안 좋은 상황이었지만, 지금은 실적이 많이 올라온 상태이므로 담보권을 실행하기에 적절한 타이밍인 거 같습니다. 이제는 우리도 담보집행에 대해 생각해 볼 때라고 생각합니다."

내 말을 받아 김 대표가 이야기했다.

"저도 담보권 실행을 생각해 볼 시점이 온 거 같습니다."

하지만, 다른 대주들의 반응은 싸늘했다. 회의장에 정적이 흘렀다. 정적은 다소간 지속되며 회의의 흐름이 되었다. 정적을 끊은 것은 민평증권의 팀장이었다.

"왕 회장을 조금만 더 기다려 보는 것이 어떨까요. 동시에 저희 후순위 대출을 사려는 투자자들을 물색해서 적당한 가격에 파는 것도 나쁘지 않을 것 같습니다."

침묵을 지키던 마 차장이 입을 뗐다.

"저도 민평증권 팀장님 말씀처럼, 왕 회장을 조금 더 기다려 보면서 다른 투자자를 물색하는 게 어떨까 합니다."

아직 한두 가지의 방법이 남아 있음에도 마지막 수단을 쓰는 것은 꺼려지는 일이다. 담보권을 실행하기 위해서는 내부적으로 복잡한 보고를 수차례 해야 하거니와 보고를 하면서 경영진에게 혼이 나는 과정을 여러 번 거쳐야 한다.

또한, 최초로 투자를 담당했던 사람이라면 문책이 더 심할 것이고, 유산을 물려받은 사람들도 나중에 불똥이 튈까 걱정하기 때문이다.

희망과 미련은 한 끗 차이다. 나의 정규직 전환이 사실상 어렵다는 것을 알면서도, 나를 위해 노력하고 있다는 사람들의 말을 믿고 싶은 것과 같다.

기관 투자자들의 임금은 다른 증권사나 운용사와 비교해서 높지 않은 편이다. 그래서 책임감과 사명감이 중요하고, 조직 내에서 승진을 통한 성취가 중요하다. 나는 더 많은 돈을 벌기보다는 명예욕이 강한 사람이다. 그래서 나에겐 정규직 전환을 통한 승진이 중요하다.

하지만, 다른 조직으로 이직을 한다면 지금까지 농업인 공제회에서 수년간 사람들과 쌓아 올린 신뢰의 꾸러미들과 그동안 투자해서 이룬 성과들이 물거품이 되고 만다. 그래서 놓아야 할 지금의 미련을 희망으로 부여잡고 있는 것이리라.

바다 건너의 왕 회장에게도 중국의 나이키가 된다는 것은 과거에는 희망이었고, 지금은 버릴 수 없는 미련일 것이다.

대책회의는 이전과 내용이 크게 달라진 게 없이 끝이 났다.

반복되는 결과, 반복되는 희망 속에서 우리들은 허우적거린다. 허우적거리면서 조금씩 앞으로 나아가는지도. 현재로썬 그렇게 믿을 수밖에 없다.

未練

陰謀

음모

「명사」 나쁜 목적으로 몰래 흉악한 일을 꾸밈

³ 음모

　따이산 그룹 본사 건물 맨 꼭대기에는 펜트하우스가
있다. 펜트하우스는 바(bar) 형태로 만들어 은밀한 용도
로 이용되었다. 건물 뒤편에는 1층에서 곧바로 100층까
지 올라갈 수 있는 엘리베이터가 있었다.

　엘리베이터 주변에는 검은 양복과 선글라스를 쓴 경호
원 두 명이 서 있다. 펜트하우스에는 오직 왕 회장과 그
의 초대를 받은 사람들만 입장할 수 있었다.

　엘리베이터가 열리니, 홀 중앙을 차지하고 있는 커다란
바와 반짝이는 은색 병을 흔들고 있는 바텐더가 보인다.
바텐더 뒤로는 높은 유리로 된 진열장이 있다.

　발렌타인 40년, 맥캘란 30년, 야마자키 50년 등 최고
급 위스키들과 중국에서 생산량보다 소비량이 더 많아

진품을 구하기 어렵다는 마오타이주가 영롱한 자태를 뽐
내고 있다.

 벽은 프랑스 와이너리에 온 것이 아닐까 착각이 드는
수백 개의 와인을 품은 저장고가 두르고 있다. 하나같이
일반인들이라면 엄두도 내지 못할 것들이다.

 "형님, 한잔 받으십시오."

 왕 회장은 한 잔에 수천만 원은 한다는 '맥캘란 1926'
위스키병을 양손에 들고 천천히 온더락 잔에 부었다.

 "제가 형님을 이렇게 자주 모실 수 있어서 항상 영광으
로 생각하고 있습니다."

 잔에 술을 채운 왕 회장은 이를 만개하고 웃었다.

 그는 자신이 완전히 굴복하고 있고 당신의 편이라는 의
미를 전달할 때마다, 금니를 씌운 어금니가 다 보일 듯 웃
었다. 벗겨진 머리에 녹색과 주황색의 사이키 불빛이 비
쳤다. 중국에서 광둥성 당서기를 개인적인 자리에서 만난
다는 일은 대단한 꽌시가 없다면 불가능한 일이었다.

 대단한 왕 회장이라지만 수십억 원을 호가하는 '맥캘

란 1926' 같은 고가의 위스키를 아낌없이 따르는 일은 흔치 않다. 그만큼 이 자리가 중요한 자리임을 의미했다.

왕 회장이 펜트하우스에서 공산당 고위층을 만나고 있을 때쯤, 따이산 그룹의 부도설이 돌고 있었다. 그해 말까지 갚아야 하는 2조 원 규모의 채권 만기가 도래하는 상황이었다.

중국의 나이키를 만들기 위해 많은 기업들을 문어발식으로 무리하게 인수한 데 따른 부작용이었다.

그해 말, 따이산 그룹은 2조 원의 만기가 도래했음에도 너무나 많은 이자 비용을 지불하고 있었기 때문에 갚을 수가 없었다. 다행히 2조 원의 주인은 광둥성에 소재한 광저우시였고, 광저우시는 2조 원을 받는 대신에 따이산 그룹의 주식 2조 원어치를 받아갔다.

전 세계에서 단 40병만 맛볼 수 있는 '맥캘란 1926' 2병이 하루아침에 영영 사라져 버렸지만, 왕 회장에게는 제법 타산이 맞는 장사였다.

왕 회장은 광저우시와의 일이 마무리된 후 대규모의 임원회의를 소집했다. 회사의 부대표직을 맡고 있는 자신의 딸과 수십여 명의 가신들이 모였다. 중국 최대 로펌 회사의 변호사들도 십여 명이 모였다.

한국의 대주단이 방문했을 때 회의실 자리 대부분이 비어있었으나, 이번에는 회의실이 꽉꽉 들어찼다. 회의에 참석한 사람들의 열기로 인해 이마에 땀이 맺힐 정도로 이번 회의는 묘한 긴장감이 돌았다.

왕 회장은 빠르게 주위를 한번 쓱 둘러보고는 말했다.

"여러분! 지금은 위기 상황입니다. 위기 상황인 만큼 모두가 한마음 한뜻으로 노력해야 합니다. 알겠습니까?"

"네, 알겠습니다!"

좌중이 일제히 소리쳤다.

그는 오늘따라 굉장히 단호하고 빠른 말투로 이야기했다. 그는 확신이 드는 일이 생기면 불도저처럼 밀어붙였다. 오늘 그에게 확신이 섰다는 뜻이다.

"지금의 어려움을 헤쳐나가기 위해서는 신규 투자가 필요합니다. 어려울 때일수록 투자를 늦출 수 없습니다. 위기 속에 기회가 있습니다."

왕 회장의 목소리가 점점 커졌다.

"오늘 저는 따이산 그룹과 Company S의 합작회사를 중국에 세워 신발 사업을 확장할 계획입니다."

왕 회장은 오른쪽에 있는 따이산 그룹의 전무이사에게 지시했다.

"변 전무, 합작회사와 관련한 계약서를 즉시 마무리해 주세요. 또한, Company S의 재고자산과 지식재산권의 목록을 다시 한번 점검해 주세요. 그리고 Company S가 보유한 자산들 중에 가장 빨리 현금화할 수 있는 목록을 정리해 주세요. 최대한 빠를수록 좋습니다."

이어서 왕 회장은 자신의 딸을 보며 이야기했다.

"왕 부대표는 Company S의 등기임원이므로, 오늘부로 미국에 가서 경영진들 중에 무능한 사람들을 추려 해고할 사람들 목록을 작성하고 알려 주세요."

왕 회장은 자신의 딸에게 지시를 한 뒤, 다시 한번 좌중을 쓱 둘러보았다. 집중하지 않는 자를 색출하려는 듯 매서운 눈으로 보았다.

그러고는 수북이 쌓인 서류철을 손가락으로 가리키며 말했다.

"일본과 프랑스 회사의 진행 경과를 알려 주세요."

로펌의 변호사들은 앞으로 나와 경과를 설명하기 시작했다.

임원회의가 끝나자, 왕 회장은 자신의 딸, 그리고 변 전무와 함께 뉴욕행 비행기에 몸을 실었다. Company S의 본사는 뉴욕이다. Company S의 생산 공장은 중국, 베트남 등에 포진했지만 글로벌 브랜드의 위상에 걸맞게 본사는 미국의 중심부인 뉴욕에 위치했다.

왕 회장 일행은 JFK 공항에 내리자마자 맨해튼에 있는 Company S의 사무실로 직행했다.

뉴욕행 비행기 탑승 전에 임원회의 소집을 알린 터였다. Company S는 따이산 그룹이 경영권을 장악한 상태이므로 왕 회장이 본사에 도착한다면, 왕 회장 마음대로 의사결정을 할 수 있었다.

왕 회장은 10층에 위치한 사무실의 긴 복도를 곧장 가로질러 대표이사실로 향했다. 마이클 대표는 헐레벌떡 뛰어왔다. 미국 회사라는 느낌이 들지 않을 정도로 동양적인 자세였다. 왕 회장이 인수한 이후 짧은 시간에 아메리칸이 예의를 차릴 정도로 중국화에 성공한 것이다.

왕 회장은 아랑곳하지 않고 사무실 문을 박차고 들어섰다. 그러고는 대표이사실 정중앙의 소파에 앉았다. 변전무는 준비해온 계약 서류를 꺼냈다. 왕 회장은 마이클 대표를 아래로 깔아 보며 고개를 두 번 까딱했다. 마이클 대표는 위축된 자세로 손을 떨며 계약서에 사인을 했다. 사인을 마치자 변 전무는 금고에 있던 법인인감을 꺼내 계약서에 꾹 찍어 눌렀다.

마이클 대표가 사인한 계약서는 따이산 그룹과 Company S가 합작회사를 설립한다는 내용의 계약이었다.

사인이 끝나자, 왕 회장은 한바탕 호탕하게 웃었다. 왕 회장은 마이클 대표의 등을 두 번 툭툭치고는 자리에서 일어났다. 왕 회장이 뉴욕에서 해야 할 일이 끝난 것이다. 왕 회장은 나머지 일행을 남겨 놓은 채 수행 인원만 데리고 다시 중국행 비행기에 몸을 실었다.

왕 회장은 비행기를 타기 직전 전화를 걸었다.
"뉴욕에서의 일은 마무리했으니, 당장 주주총회를 소

집하게."

왕 회장은 따이산 그룹 자회사의 주주총회를 소집했다. 따이산 그룹의 자회사는 중국의 상장사였으므로 합작회사 설립을 하기 위해서는 임시 주주총회 결의가 필요했다.

왕 회장은 퍼스트 클래스를 탔음에도 일등석이 주는 안락함을 즐기지 못하고, 주주총회 때 연설할 원고를 탐독하는 데 열중했다.

중국의 시간이 미국보다 13시간 정도 빨랐으므로, 중국에 도착했을 때는 하루를 더 빨리 보낸 느낌일 것이다. 왕 회장은 뿌듯했다. 그는 남들보다 하루를 더 열심히 살고 있는 느낌, 살아 있는 느낌이 좋았다.

자료 검토를 마친 왕 회장은 위스키를 시켰다. 묘하게도 그가 위스키를 마시고 난 다음에는 자신이 원하는 바가 이루어졌다. 오목한 잔 속의 갈색 초콜릿이 흔들리는 것을 즐기고 있었다. 그 흔들림은 자신의 손이 만든 것이고, 그의 입을 거쳐 목으로 넘어갈 테였다.

그는 가끔 자신이 먹이사슬의 정점에 있는 포식자라고 느끼고, 가끔 전지전능하다고 느낄 때가 좋았다. 그도 모르게 호탕한 웃음이 나왔다. 살짝 주변을 의식했다. 자신 혼자 퍼스트 클래스를 타고 있다는 것을 다시금 확인했을 때 그는 더 크고 호탕하게 웃었다.

　며칠 후, 주주총회 90% 찬성으로 합작회사 설립 안건이 통과되었다. 왕 회장이 구상하는 신규 투자 계획은 탄탄대로인 듯 보였다.

陰謀

諜報
첩보

「명사」 상대편의 정보나 형편을 몰래 알아내어 보고함

⁴ 첩보

나는 항상 '큰 침대를 사길 잘했다'라고 생각한다. 일반인들이 살 수 있는 침대 사이즈 중에 제일 큰 침대. 좁은 방의 칠할을 차지하면서도, 뒤척임이 많은 나를 넓은 품으로 안아 주기에 마음 놓고 편히 잘 수 있는 공간이다.

오늘따라 잠이 잘 오지 않는다. 하루가 순조로웠기에 더욱 잠이 오지 않을 이유가 없었다. 가끔 인지하지 못하더라도 내 몸이 먼저 반응할 때가 있다.

동물적 감각. 아버지, 할아버지, 증조할아버지⋯. 수천, 수만 년 동안 세대와 세대를 거쳐 DNA에 축적된 빅데이터다.

이유는 알 수 없지만, 나는 향후에 위협이 될 일, 진행하고 있는 일에서 문제가 발생하기 직전 항상 잠을 이루지 못했다.

잠을 제대로 이루지 못하고 뒤척이고 있을 때, '웅-웅-' 문자 알림이 왔다. 아직 겨울이라 해도 뜨기 전인 새벽 6시쯤이었으므로 나에게 문자를 보낼 사람은 없었다.

휴대폰을 확인했다. 김대훈 대표의 문자였다.

[긴급 대주단 회의 소집 요청의 건]
안녕하십니까? 이른 아침에 문자를 보내드려 송구합니다. Company S 관련 긴급 사항이 발생하여 대주단 회의를 개최할까 합니다⋯. 장소는 급박한 관계로 화상회의로 하고, 시간은 금일 오전 9시 30분에 개최할까 합니다. 참석 가능 여부를 회신 부탁드립니다. 가급적 모든 분들이 참석해 주셨으면 감사하겠습니다⋯.

보통 투자자들에게 잠도 깨기 전인 시간인 새벽에 문자를 보내는 일도 없거니와, 당일 잡은 회의를 출근하자마자 하는 경우도 없었다. 그러나 그의 문자에는 급박함이 느껴졌다.

케이자산운용. 김대훈 대표가 세운 국내 자산운용사

다. 영어, 중국어, 일어, 김대훈 대표는 한국말을 포함한 4개 국어에 능통했다.

그의 나이가 쉰 중반은 넘었으므로 학창시절 언어를 김 대표만큼 잘하는 사람은 국내에선 손꼽았으리라. 그런 그는 인문학도임에도 종금사에 취직했다.

그는 종금사에서 금융에 대한 눈을 떴고, 2000년대 초반에 독립해서 자산운용회사를 차렸다. 현재는 운용자산 1조 원 수준으로 어엿하게 회사를 키웠다.

그에게는 지독한 습관이 있었다. 항상 새벽 4시에는 일어나 집 근처 회사에 걸어서 출근하는 것. 그날도 눈이 허옇게 내린 길에 뽀드득 자취를 남기며 걸었다. 인적이 드문 눈길을 홀로 걸으며 어떻게 투자자들에게 이 상황을 설명해야 할지 고민했다.

나는 옷을 주섬주섬 챙겨 입으며, 문자 내용을 다시금 곱씹었다. 그날 눈이 많이 쌓여 있었으므로 출근길이 꽤나 춥고 미끄러웠다.

여섯 명 남짓 들어가면 꽉 차는 회의실. 각종 문서함으로 가득 차 있다. 누군가에게는 농막이나 컨테이너처럼 느낄 수 있지만 개의치 않았다. 우리는 농민들의 자금을 운용하기에 돈을 허투루 쓸 수 없기 때문이다. 나는 노트북을 켜고 화상회의를 준비했다.

　정찬성 팀장이 들어왔다. 그는 나와 마찬가지로 유산을 물려받은 지 얼마 되지 않았다. 그는 얼마 전까지 옆자리의 동료였고, 승진을 하면서 바로 직속 팀장이 되었다. 그는 쾌활한 성격이었고 사람들을 편하게 해주는 매력이 있었다. 그가 승진을 하고 팀장으로 부임했을 때, 나는 미련의 끈을 자르기 위해 다른 곳에 면접을 봤었고 합격을 한 상태였다.

　그는 같이 한 번 잘해보자며, 자신이 최선을 다할 테니 같이 노력해 보자고 했다. 나는 그의 말이 믿고 싶었다. 주말에 계속 울리는 전화를 받지 않았다면, 미련을 버리고 부채만 가득한 유산들도 다른 이에게 물려 줬을 것이다. 하지만, 나는 가지 않기로 했고, 회의실에 앉아 있다.

　오늘 회의는 꽤 많은 사람들이 모였다. 국내 대주단뿐

만 아니라, 싱가포르 헤지펀드인 메테우스 인베스트먼트와 홍콩계 따이펑(太平) 은행도 참석했다.

내가 자산을 맡고 나서 5천억을 투자한 글로벌 대주들이 한자리에 모인 것은 이번이 처음이다. 오늘 회의는 따이펑 은행이 긴급하게 요청한 건이다.

참석자들이 전원 참석한 것을 확인한 후, 따이펑 은행의 양 이사가 이야기를 시작했다.

"안녕하십니까? 여러분, 이렇게 긴급하게 회의를 요청드려 죄송합니다. 하지만, 지금 상황이 급박하게 돌아가고 있어서 불가피하게 대주단 회의를 요청드렸습니다.

바로 본론으로 들어가겠습니다. 지금 따이산 그룹은 무리한 확장으로 자금 사정이 좋지 않은 상태이며, 기업을 인수할 때 빌려온 자금을 갚지 않고 있는 상황입니다."

여기까지 양 이사가 말한 내용은 모두가 알고 있는 내용이었다.

"아마 여기 계신 분들은 따이산 그룹이 사업 확장을 위해 일본과 프랑스 기업을 인수한 사실을 알고 계실 것입니다. 따이산 그룹은 일본과 프랑스 기업을 인수할 때

상당한 자금을 투자자들로부터 빌려 왔습니다. 그런데 최근, 따이산 그룹은 프랑스에서 인수한 회사와 따이산 그룹의 자회사 간의 합작회사를 사업 확장의 명목으로 만들었습니다.

그런데 따이산 그룹은 프랑스 은행들로부터 돈을 빌릴 때 작성한 대출 약정서의 '허용된 투자한도' 내에서 투자금을 합작회사에 출자하도록 하고, 나머지는 지식재산권, 매출채권 등을 현물 출자하도록 만들었습니다."

통상 대주들이 기업에 돈을 빌려줄 때는 대출 계약서를 작성한다. 대출 계약서 혹은 대출 약정서라고 불리는 것들이다. 그리고 약정서에는 기업이 최소로 유지해야 하는 실적의 수준, 회사의 최소 현금 보유 수준 등 위반하지 말아야 할 목록들을 작성한다.

그리고 기업을 너무 옥죄기만 하면 회사가 잘 돌아가지 않기 때문에, 사업을 유지하고 일부 확장하는 데 쓰이는 자금에 대해서는 숨통을 트여 준다.

그 조항을 '허용된 투자한도'라고 한다. 조항상 일부 투자를 허용해 주기는 하지만, 많은 자금이 회사에서 빠져

나가면 회사가 유동성 위험에 빠질 수도 있고 빌려준 사람들을 불안하게 할 수 있기 때문에 크지 않은 자금만이 허용된다.

그리고 허용된 투자한도를 넘어서는 자금을 투자하려면 돈을 빌려준 투자자들의 동의를 받아야만 한다. 즉, 따이산 그룹은 투자자의 동의를 받지 않아도 되는 선에서 작업을 했다는 뜻이다.

양 이사가 말을 이어 나갔다.

"현물출자의 경우, 따이산 그룹은 대출 약정서상 제한사항이 없는 점을 악용해 지식재산권, 매출채권 등을 헐값으로 평가해서 현물출자 하는 방식을 사용했습니다.

그리고 따이산 그룹은 프랑스 회사가 합작회사에 대한 현물출자가 끝나자마자, 합작회사를 따이산 그룹이 소유한 상장사와 합병을 했습니다. 그러고는 프랑스 회사를 정리했습니다."

합작회사란 두 개의 기업이 사업 확장을 위해 공동으로 설립한 회사이다. 통상 지분율을 51 대 49 수준으로 하거나, 투자금이 많은 투자자가 더 많은 지분율을 가져가는 경우가 일반적이다.

그리고 회사는 자본금이 있어야 설립할 수 있는데, 통상적으로는 현금을 내는 경우가 많다. 하지만, 현금 납입이 곤란할 경우에는, 부동산 등에 대한 자산가치를 평가한 후 현물출자를 하는 경우도 있다.

따이산 그룹은 합작회사를 만들고 프랑스 회사의 자산을 헐값으로 평가하게 만들어서 대규모로 현물출자를 한 것이다. 따이산 그룹이 합작회사를 갓 만들었을 때는 합작회사에 대한 지분율이 51% 수준이었기 때문에 자산을 완전히 자신들의 소유로 통제하지 못했다.

하지만, 추가적인 작업을 거쳐 자신들의 계획을 완수했다. 합작회사와 자신이 가지고 있는 상장사를 합병시키면서 자신이 소유한 상장사의 가치를 뻥튀기하고 합작회사의 가치를 훨씬 낮게 평가함으로써 합병비율을 조정한 것이다.

이로 인해 따이산 그룹이 최종적으로 합작회사에 대한 지분율을 90%까지 높이게 되었고, 프랑스 회사의 지분율은 10%까지 낮아지게 되었다. 즉, 프랑스 회사가 가지고 있는 알짜 자산들이 따이산 그룹으로 다 넘어갔고, 프랑스 회사에 담보를 잡고 돈을 빌려줬던 투자자들은 깡통을 차게 된 것이다.

양 이사는 벌컥벌컥 물을 들이켜더니, 말을 이어갔다.

"프랑스 회사뿐만 아닙니다. 프랑스 회사는 2주 전에 청산을 했고, 1주일 전에는 일본 회사까지 해 처먹었습니다."

양 이사는 몇 초간 잠시 뜸을 들이더니 침을 꼴깍 삼키며 이야기했다.

"저희가 돈을 빌려준 Company S도 똑같은 방식으로 작업하고 있다는 이야기를 들었습니다…."

이야기를 듣고 있던 나는 등골이 서늘해졌다. 서늘함은 어깨를 타고 뒤통수에 박혔다. 망치로 머리를 세게 맞은 느낌이었다. 아– 동시에 나도 모르게 탄식 같은 감탄을 뱉었다.

'내가 지금 감탄하고 있을 때가 아닌데' 속으로 생각했지만, 서늘함과 오싹함, 그리고 감탄과 놀라움, 양가적인 감정이 동시에 일어났다.

양 이사의 이야기가 멈추자. 적막감이 흘렀다. 일시에

좌중은 조용해졌다. 비록 화상회의였지만, 저 멀리 떨어진 싱가포르, 홍콩, 그리고 회의실의 적막과 침묵이 느껴졌다.

침묵을 깬 것은 메테우스 인베스트먼트의 제이슨 전무였다. 메테우스 인베스트먼트는 약 1,000억 원을 투자해 의사연금 다음으로 많이 투자한 투자사이다.

제이슨 전무는 Company S에서 채무불이행이 발생하자마자 담보집행을 주장한 사람이었고, 대주단 중에서 꽤나 강성인 편이었다.

"지금 당장, 담보권을 실행해야 할 것 같습니다. 담보를 집행해서 출자전환을 통해 저희 채권을 지분증권으로 전환하더라도 당장 시행할 필요가 있을 것 같습니다."

나는 이전 대주단 회의에서 담보집행을 주장했었기 때문에 그의 말이 옳다고 느꼈다.

대주단 회의는 다음 날에도 이어졌다. 참석자는 놀랍게도 Company S의 대표이사인 마이클이었다. 화상회의에 참석한 그의 몰골은 초췌했다. 광대뼈의 윤곽이 드러날 정도로 말라, 눈이 더 크고 퀭하게 느껴졌다.

그는 대표이사를 할 수 있는 경력이 아니었음에도 왕 회장의 힘으로 Compnay S의 대표가 되었다. 그랬기에 몇 년간 왕 회장의 꼭두각시처럼 손아귀에서 놀아날 수밖에 없었다.

하지만 더 이상은 안 되겠는지 결심이 섰다. 그는 왕 회장의 딸인 왕 부대표와 그의 수하들을 따돌리고 회사 근처 호텔로 들어왔다. 그는 휴대폰으로 몰래 화상회의에 참석했다.

그는 비록 바지사장이긴 했으나 아직은 아메리칸 마인드를 가진 미국인이었다. 그리고 왕 회장의 횡포를 계속 두고만 보고 있을 수는 없었다. 더 이상 왕 회장이 지시하는 대로 했다간 자신도 위험해지겠다고 판단했다.

그는 익숙한 미국식 영어로 이야기했다.

"안녕하십니까? 여러분. 저는 Company S의 대표 마이클입니다. 제가 장시간 회의에 참석하기가 힘든 상황이니 바로 말씀드리겠습니다.

지금 Company S는 중대 기로에 놓인 상황입니다.

몇 주 전, 왕 회장은 미국에 건너와 합작회사를 설립하는 계약을 체결했습니다. 그리고 왕 회장의 딸과 수하들은 Company S가 가지고 있는 매출채권, 지식재산권 등 유형자산의 목록을 조사했습니다.

그리고 왕 회장 일당은 조사한 유형자산들을 합작회사에 현물출자 할 계획입니다. 최근에 합작회사에 자산을 현물출자 하는 것을 지속적으로 반대하던 법무실장이 해임되었습니다. 그리고 휘하의 변호사들에게도 해고를 통지한 상태입니다.

그리고 경영진들에게는 현재 경영진의 절반을 해임할 예정이라고 통보하였고 Company S의 본사를 중국으로 옮기겠다고 선포한 상태입니다.

이렇게 된다면, 회사는 곧바로 몰락의 길로 들어설 것입니다. 지식재산권 등 중요 자산들이 합작회사에 넘어가게 된다면, 거래처들이 거래를 중단하거나 거래처를 교체하게 되어 영업에 심각한 타격을 받을 것으로 예상됩니다.

또한, 현재 Company S의 임직원들은 왕 회장 일당들로 인해 크게 동요하고 있는 상태입니다. 현재 진행되고 있는 구조조정으로 인해 선량한 사람들이 해고되고, 왕 회장의 꼭두각시들만 남게 될 겁니다. 그리고 1월 말 임직원들에 대한 성과급 지급이 마무리되면 많은 직원들이 다른 회사를 찾아 떠나게 될 것입니다.

따이산 그룹은 Company S뿐만 아니라, 프랑스와 일본 회사도 똑같은 방식으로 회사를 망쳤습니다. 지금은 사퇴를 무릅쓰면서 현물출자를 저지하고 있지만, 제가 언제까지 버틸 수 있을지 모르겠습니다…."

그의 말은 사실이었다. 비록 그가 왕 회장의 꼭두각시 역할을 했지만, 합작회사에 회사의 알짜 자산들을 헐값에 넘기는 일은 차원이 다른 일이다. 나중에 법적 책임까지 져야 할 수도 있기에 필사적으로 막고 있었다. 하지만 시간이 조금 더 걸릴 뿐 조만간에 회사가 넘어가는 일은 불 보듯 뻔했다.

지금 와서 생각해 보면, 왕 회장은 진정한 변검의 달인이었다. 우리에게 악어 같은 눈물을 짜내고 동정을 구하며 조금만 더 시간을 달라고 빌었다. 우리가 희망이라 믿었던 줄을 계속 붙잡고 있는 동안 왕 회장은 자신을 위해 충실히도 일하고 있었다.

"지금은 후순위 대주단분들의 용단이 필요한 때입니다. 저는 여러분들을 믿고 기다리고 있겠습니다."

마이클 대표는 마지막 말과 함께 화상회의에서 빠져나갔다.

諜報

團合

단합

「명사」 많은 사람이 마음과 힘을 한데 뭉침

⁵ 단합

참혹한 현실을 접한 우리들에게 더 이상의 선택지는 없었다. 뒤로 한 걸음만 더 뒷걸음치면 모든 것을 잃게 된다. 편한 길이라 믿었던 다리는 앞에서 무너지고 험난한 산길이 우리에게 놓였다. 하지만 우리는 포기할 수 없다. 오히려 우리가 가야 할 길이 더 명료해지고, 더 확실해졌다. 다시금 마음속에 풀려버린 끈을 동여매야 할 때이다.

화면 속에는 두 눈을 감고 팔짱을 낀 채 생각에 잠긴 사람들이 많았다. 고개를 돌렸다. 정찬성 팀장의 치켜진 눈썹과 앙다문 입술이 보였다.

마이크에서 케이자산운용 김대훈 대표의 목소리가 들렸다.

"저희에겐 이제 선택의 여지는 없습니다. 담보권 실행을 해야 할 때입니다."

다들 대답은 하지 않았지만 공감했다.

김대훈 대표의 말이 이어졌다.

"담보집행을 하기 위해서는 선순위 채권단의 동의를 받아야 합니다. 곧바로 선순위 채권단과 접촉을 시도해 보겠습니다. 그리고 선순위 채권단이 동의하는 즉시 Company S의 등기임원을 전부 교체해서 저희가 기업을 통제하도록 하겠습니다."

담보권 실행은 피할 수 없는 길이다. 하지만, 담보집행을 하기 전에 가장 먼저 해야 할 일이 있다. 그것은 왕회장이 계속 허튼짓을 하지 못하도록 Company S의 등기임원을 교체하는 것이다.

현재 후순위 대출의 원금과 이자를 갚지 않았기 때문에 후순위 대주단은 언제든지 Company S의 등기임원을 교체할 수 있는 권리가 있었다. 그럼에도 불구하고 우리들에게는 높은 난관이 있있다. 그것은 담보집행 과정에서 경영권 변동에 대한 선순위 채권단의 동의였다.

선순위 채권은 돈을 빌려 간 기업이 최소한 지켜야 할 실적, 기업의 최소 보유 현금 등 기업이 지켜야 할 강제 조항이 거의 없었다. 그래서 회사가 매 분기 이자만 제때 선순위 채권단에게 돌려준다면 선순위 채권단은 회사에 아무런 개입을 할 수 없다.

하지만, Company S의 경영권이 변동할 때 선순위 대주는 원금 상환을 요청할 수 있고, 원금 상환을 요청하였음에도 돈을 돌려주지 못한다면, 채무불이행 선언과 함께 선순위 채권단이 중심이 되어 담보집행과 경매를 할 수 있는 권리를 가지게 된다. 우리가 왕 회장의 전횡을 막기 위해 해야 하는 등기임원의 교체가 계약서상 경영권 변동 사항(Change of Controls)에 속했다.

선순위 채권단이 주도권을 가지고 담보집행을 하게 되면, 그동안 후순위 대주가 행사할 수 있었던 담보집행에 대한 권리는 선순위 채권단에게 넘어가게 된다. 그러면 선순위 채권단은 자신들 돈만 챙기기 위해 Company S를 헐값에 매각할 수도 있다.

그렇게 되면 후순위 대주들은 땡전 한 푼 받지 못하고 닭 쫓던 개가 될 처지가 될 수도 있다. 이것이 지금껏 강

제집행(Enforcement)을 할 권리가 있음에도 하기 어려웠던 이유 중 하나이다.

김대훈 대표는 말을 이어갔다.

"또한, 여기 참석하신 기관들께서는 담보권 실행 이후에 경매 과정에서 Company S를 사 갈 투자자들이 없을 경우를 대비해야 합니다. 경매 시에 매수자가 나타나지 않으면, 저희가 Company S를 사갈 수밖에 없습니다. 저희가 추후에 적절한 조치를 할 수 있도록 기관별로 내부 보고와 이에 대한 승인을 받아 주시길 요청드립니다."

김 대표의 말은 이러한 뜻이다.

담보집행을 해서 법원에 Company S에 대한 경매를 요청하면, Company S를 적당한 가격에 매수하겠다는 매수자가 나타날 경우 회사를 팔 수 있다.

회사에 관심이 있어 회사를 사려고 하는 사람은 회사가 괜찮은지, 아닌지를 먼저 파악해야 한다. 그리고 파악한 정보를 통해 적당한 가치를 매긴다.

하지만, Company S의 경우, 아직까지 따이산 그룹이 소유하고 있었기에 여러 방해 공작을 펼친다면 기업에 관심이 있던 잠재 투자자들이 정보를 알기 어려우니 쉽사리 회사에 대한 가격을 써내기가 어렵게 된다.

이렇게 되면, 회사를 사갈 투자자를 구하기 어려운 상황에 처하게 된다. 그러니 매수자가 나타나지 않으면 우리가 Company S를 사야 한다는 뜻이다.

경매를 할 때 물건을 사가는 방법은 크게 두 가지가 있다. 가장 기본적인 것이 현금을 주고 사가는 방법이다. 두 번째 방법은 빌려준 돈으로 값을 치르는 것이다. 빌려준 돈으로 값을 치르는 것을 '신용입찰(Credit Bid)'이라고 한다.

신용입찰은 곧 출자전환과 동의어가 된다. 출자전환이란 돈을 돌려받아야 하는 권리를 돈을 빌려간 기업의 경영권과 맞바꾸는 일이다. 즉, 채권을 지분으로 바꾸는 것이다. 신용입찰을 한다는 것은 셀프 낙찰을 받는 것이고, 셀프 낙찰을 받게 되면 후순위 대출을 Company S의 경영권으로 전환하는 것이다.

나는 '담보권 실행—경매—신용입찰—출자전환'이라는 일련의 과정을 윗분들에게 설명해야 했다. 회의가 끝나는 즉시 자리로 돌아가 보고서 작성을 시작했다.

〈Company S 후순위 대출 담보집행 결행(決行) 필요성〉

보고서 작성이 끝나자 인쇄를 끝냈고 바로 보고에 들어갔다. 긴급하게 열린 농업인공제회 확대회의에 들어갔다.

문제가 있는 투자 건에 대해서 보고를 할 때는 비록 내가 투자하지 않았더라도 죄인이 된 기분을 느낀다. 잔뜩 수그린 자세로 인사를 하고 사람들의 눈치를 보아야 한다. 크고 당당한 목소리로 이야기했다간 위원들의 심기를 건드릴 수 있기 때문이다.

확대회의 초반에 위원들 중에서 "뭐 이딴 식으로 투자해서 이 모양까지 끌고 왔느냐!"라고 호통치는 사람들도 있었다. 하지만, 정찬성 팀장과 내가 욕받이가 되어 그들의 화를 받아냈다. 먼저 위원들이 감정적으로 내는 화를 감당하고 난 다음에야 이성적인 논의가 가능하기 때문이다.

나는 작은 목소리로 살짝 떨리는 듯 이야기를 시작했다.

"저희가 후순위 대출로 투자했지만 돈을 돌려받기가

어려운 상황이고, 현재의 상황을 좌시한다면 저희는 투자금 전액을 떼일지도 모르는 상황입니다…"

그리고는 점점 목소리를 높여나갔다.

"저희가 이 상황을 타개할 방법은 담보권을 실행해서 회사를 매각하는 방법뿐입니다. 만약, 매수자가 나타나지 않을 경우에는 불가피하게 빌려준 돈 대신 Company S의 주식을 받을 가능성도 있습니다. 하지만 출자전환을 감내하더라도 담보권 실행을 해야만 합니다."

보고는 끝이 났다. 화를 내던 위원들도 마지막에 가서는 수긍할 수밖에 없었다. 가장 화를 크게 내던 위원이 말했다.

"정 팀장과 오 차장이 고생이 많소. 투자금 회수를 위해서 조금 더 노력해 주시오."

물려받은 레거시에 대한 뒤치다꺼리를 하다 보면 이야기 하나가 떠오르곤 한다.

인간이 불멸했던 시대. 하와는 선과 악을 구분할 수 있다는 뱀의 꾐에 빠져 선악과를 베어 물었고. 야훼와의 약속을 어긴 죄로 그의 자손들은 대대손손 늙고 병들어

필멸하게 되었다는 이야기.

원죄(原罪)에 대한 이야기다.

투자는 확률 게임이므로 투자를 많이 하면 할수록 투자한 자산에서 부실이 발생할 가능성이 커진다. 문제가 발생한 자산은 누군가 팔을 걷어붙이고 고생하면서 정리하는 과정이 필요하다. 투자의 성과는 꽤 오랜 후에야 나오기 때문에 그 누군가는 내 뒷사람이 될 가능성이 크다. 그래서 투자를 할 때마다 고민을 하게 된다. 순간 나의 잘못된 판단으로 누군가에게 원죄의 씨앗을 물려주지는 않을까.

선순위 채권은 규모가 1조 원으로 후순위 대출보다 규모가 두 배나 컸다. 왕 회장이야 누구한테 돈을 빌렸는지 다 알겠지만, 후순위 대주들은 투자자들이 누구이고 어떻게 구성되어 있는지, 그리고 어떻게 연락해야 하는지부터 막막했다.

하지만, 약간의 기대는 있었다. 최근의 상황으로 짐작건대, 우리뿐만 아니라 선순위 채권단도 발등에 불이 떨어졌을 것이라 생각했다. 따이산 그룹이 계획대로 Company S를 껍데기 회사로 만들고 알짜 자산들을 다 빼돌린다면 선순위 채권단도 돈을 떼일 수 있기 때문이다.

의외로 선순위 채권단과의 접촉은 쉬웠다. 그 이유는 따이산 그룹이 빌려간 후순위 대출을 갚지 않을 때부터, 선순위 채권단이 위기의식을 느끼고 선순위 채권단을 대리할 미국의 법무법인을 선임하고 있었기 때문이다. 그래서 법무법인을 통해 선순위 채권단과 연락을 취할 수 있었다.

금융의 세계는 기브앤테이크이다. 단순한 동의 하나에도 대가가 필요하다. 우리가 선순위 대주에게 요구하는 것은 경영권을 우리가 가지더라도 문제를 삼지 않겠다는 것에 대한 동의다.

하지만, 후순위 대출이 연체되어 돈을 받지도 못하고 있는 상황인 만큼, 우리가 실질적으로 내어 줄 수 있는 것은 거의 없다. 그래서 우리는 고안했다. 불확실한 미래의 매각 차익을 나누자고.

Company S의 제품이 잘 팔려서 지금보다 훨씬 좋은 실적만 잘 내준다면 비싼 가격에 팔 수 있을 것이다. 그러면, 주식을 소유하고 경영권을 가지고 있는 사람들은 당초에 투자한 돈 대비 적지 않은 돈을 벌 수 있을 것이다. 그래서 향후 기업이 잘 매각되었을 때, 매각 차익을 나눠 갖자고 제안을 했다.

우리는 처음에 경영권 변동에 대한 대가로 매각 차익의 10%를 나눠 주겠다고 슬쩍 던져보았다. 우리는 은근히 기대했다. 선순위 채권단도 지금은 급박한 상황일 테니.

첫 제안을 한 지 사흘이 지나도록 답이 오지 않았다. 우리들은 슬슬 애가 타기 시작했다. 시간은 우리 편이 아니었다. 왕 회장이 어떤 짓을 할지 모르는 지금 1분 1초가 중요했기 때문이다. 한 발자국 차이로 승패가 결정 나는 스케이팅 경기처럼, 이번 승부는 누가 먼저 상대방의 목을 치느냐에 따라 승패가 완전히 갈리기 때문이다.

나흘째 되던 날, 법무법인으로부터 회신이 왔다. 매각 차익의 70%를 내놓으란다. 논리는 선순위 채권이 1조, 후순위 대출이 5천억이니, 투자 금액 비율 대로 한다면 선순위가 70% 정도는 가져야 한다는 논리였다.

기가 찼다. 재주는 곰이 부리고 돈은 되놈이 가져가겠다는 말이 아닌가. 우리보다 돈을 먼저 회수할 수 있는 안전한 지위에 있으면서, 험난한 담보집행 과정을 다 우리에게 맡겨 놓고 과실은 다 가져가겠다는 심보였다.

처음에는 당황했지만, 배수의 진을 치기로 했다. 지피지기는 백전불태. 적을 알고 나를 알면 백번 싸워도 위태롭지 않다.

'우리도 급박한 상황이지만, 상대방도 우리 못지않게 급박한 상황이다. 시간이 더 늦어지면 그들도 전부를 잃을 것이다'라는 판단이 서자 우리는 배수의 진을 칠 수 있었다.

그리고 제안을 했다.

"매각 차익의 30%를 떼어 주겠다. 더 이상은 협상이 불가하다. 추가적인 매각 차익을 원한다면 협상은 결렬이다."

그 무렵, 왕 회장은 자신의 펜트하우스에서 위스키를 마시고 있었다. 야마자키 50년. 한 병에 수억을 호가하는 일본의 최고급 위스키다. 일본 회사의 알짜 자산을 빼돌려 왔을 때 기념으로 땄던 술이다.

그러고는 버번위스키를 잔에 따랐다. 기분을 즐기고 싶었다. 사흘 뒤면 현물출자가 마무리되고, 닷새 뒤면 합병이 완료된다. 곧 Company S의 알짜 자산은 온전히 따이산 그룹의 것이 되는 것이다.

이틀 뒤, 미국으로부터 연락이 왔다. 우리의 제안을 받아들이겠다고. 우리의 생각이 맞았다. 시간은 우리의 편이 아니었지만, 그들의 편도 아니었다.

선순위 채권단의 경영권 변동에 대한 동의(Waiver of Change of Control)가 이루어지자마자 즉시 행동에 나섰다. Company S의 대표이사인 마이클을 제외한 등기임원 다섯을 해임했고 우리 측 인사들로 채웠다.

최대한 빠르게 행동했지만 이미 알짜 자산들이 다 넘어가 껍데기만 남은 것은 아닌지 불안했다. 등기임원을 해임했지만, 회사의 상황을 파악하는 데는 수일의 시간이 걸렸다. 대표이사인 마이클도 왕 회장의 눈에 거슬리는 행동으로 일에서 배제된 탓이다.

　자정이 넘은 시간. 김대훈 대표로부터 문자가 왔다.

　"투자자 여러분. 천만다행입니다! 현금 300억만 따이산 그룹에 넘어가고, 지식재산권 등 알짜 자산은 따이산 그룹에 넘어가지 않았습니다! 우리가 Company S를 사수했습니다!"

　소파에 앉아 있던 나는 환호성을 질렀다. 월드컵에서 대한민국이 4강에 진출했을 때만큼 떠들썩하게.

　따이산 그룹의 펜트하우스. 왕 회장은 술에 잔뜩 취해 있었다. "하루만 더 빨랐더라면…. 하루만!"

　그는 혼잣말을 내뱉고 꽥 소리를 질렀다. 그러고는 손에든 술병을 집어 던졌다. 와장창 술병이 깨지는 소리와 함께 엘리베이터의 문이 열렸다. "

　아무도 들이지 말라고 했는데 대체 어떤 놈이냐!"

　왕 회장이 외쳤다.

　엘리베이터에서 수십 명의 제복을 입은 공안(公安)들이 쏟아져 나왔다. 그들 중 수장으로 보이는 자가 외쳤다.

"왕등룬, 당신을 국가 반부패법 위반 혐의로 체포합니다. 당신은 변호사를 선임할 수 있으며, 묵비권을 행사할 수 있습니다."

왕 회장은 중앙정부의 반대 세력인 광둥성 당서기에 줄을 댔다. 하지만, 광둥성 당서기가 권력 싸움에서 밀려났고 그 여파로 반부패위원회에 잡혀갔다. 왕 회장도 같은 라인이었으므로 숙청의 대상이 된 것이었다.

그해 봄. 우리는 담보권 실행을 했고, 경매 신청을 한 지 6개월 정도가 지나자 뉴욕 법원으로부터 매각 승인을 받았다. 아쉽게도 매수자는 나타나지 않았지만, 우리가 출자전환해서 Company S의 경영권을 확보할 수 있었다. 이제는 후순위 대주가 아니라 Company S의 지분권자, 소유자가 되었다.

왕 회장이 잡혀가고 해가 넘어가기 전에 따이산 그룹은 정부로부터 빌린 자금을 갚지 못했다. 그로 인해 따이산 그룹은 파산했고 따이산 그룹의 소유권이 중국 정부에 넘어갔다.

나는 아내와 오랜만에 오르기 쉬운 산으로 나들이를 나갔다. 수많은 사람들이 익어 가는 가을 단풍을 보기 위해 몰렸다. 몰린 인파들 속에서 입마개를 쓴 사람은 찾아보기가 어려웠다. 몇 년간 세상을 놀라게 했던 역병은 잠잠해지고 입마개의 시절은 끝난 것처럼 보였다. 하지만, 그때쯤 중국은 팬데믹으로 다시 봉쇄한다는 이야기가 뉴스에서 흘러나오고 있었다.

團合

熱力

세력

「명사」 어떤 속성이나 힘을 가진 집단

⁶ 세력

뉴욕 맨해튼. 알람이 울린다. 남자는 알람을 끄고 시
간을 확인한다. 새벽 6시. 그는 일어나자마자 커튼을 활
짝 열어젖혔다. 육각형 모양의 창문으로 가로등 불빛이
쏟아진다. 아직 해가 뜨기에는 이른 새벽이다.

남자는 운동복으로 갈아입고 문을 나섰다. 날씨가 살
짝 차다. 자신의 건물을 바라보며 스트레칭을 한다. 육각
형 같기도, 수류탄 같기도 한 창문이 독특하다. 집이 세
워지기 전 여기는 철길이었다.

지나가는 사람들이 보란 듯 아직도 군데군데 철길의
흔적을 남겨 놓았다. 그가 사는 곳은 맨해튼의 하이라인
이다. 매일 아침 새벽에 일어나, 과거의 철길을 따라 맨

해튼 서쪽의 허드슨 강 근처 공원으로 간다.

허드슨 공원에 이르면 서쪽 강가를 따라 아래쪽으로 쭉 내려갈 수 있는 산책로가 이어져 있다. 남자는 산책로를 따라 뛴다. 약 사십여 분간의 조깅을 마치면 집 근처 카페로 향한다. 야외 테라스에 앉아 샷 두 잔을 넣은 에스프레소를 마시고 주변 풍경을 바라보며 하루를 시작한다.

그의 이름은 폴 스미스. 매일 같은 시간, 같은 방식으로 하루를 시작해야 그의 직성이 풀린다. 폴은 월가에서 일하고 있는 금융인으로 갓 마흔이 넘은 나이에 억만장자의 반열에 오른 입지전적인 인물 중 하나이다. 업계에서 그의 별명은 '사냥꾼 폴'이다.

그는 비록 체질상 마르긴 했지만, 탄탄한 근육을 가지고 있었으며 끈기가 강한 사내다. 그리고 폴은 독특한 취미를 즐기는 것으로 유명했다. 바로 사냥이다. 그의 취미 덕분에 사냥꾼이란 별명이 붙었을 수도 있다. 폴은 시간이 날 때마다 텍사스행 비행기를 탄다. 멧돼지들이 자주 출몰하는 지역이다.

그는 오랜 시간 기다리는 것을 좋아했다. 누구는 좀이 쑤셔 자리를 자주 바꾸거나, 멧돼지가 이동한 흔적을 찾아 쫓아가지만, 그는 멧돼지가 물을 마시면서 휴식을 취하는 자리를 노린다. 세 시간이고 네 시간이고 그는 끈기 있게 기다린다.

그는 기회를 기다리는 것을 즐긴다. 그리고 그 기회가 왔을 때는 반드시 잡는 사람이다. 모든 동물은 반드시 물을 마셔야 하므로 멧돼지는 반드시 그에게 잡힐 수밖에 없었다.

역병이 창궐해 하루에 수천 명, 수만 명의 감염자가 발생했을 때 금융시장은 요동쳤다. 주식시장은 물론 채권시장도 폭락을 했다. 폴은 그 기회를 기다리고 있었고 놓치지 않았다. 그는 상당한 자금을 주식은 물론 채권에 투자했고 몇 달 만에 수십 프로의 차익을 거두었다. 다시 한번 그의 사냥이 성공한 셈이다.

그는 기업이 어려움에 처해 주식 혹은 채권의 가격이 급락했을 때 최대한 싸게 사서 나중에 비싸게 팔아 차익을 거두는 투자 스타일을 가지고 있었다. 그는 최근에 유가가 마이너스 수준으로 급락했을 때, 유가 관련 업체의 채권을 저가에 대량으로 매집해서 많은 수익을 거두었다. 그러고는 새로운 투자 기회를 물색하고 있었다.

멧돼지 사냥을 마친 폴은 맨해튼에 위치한 자신의 회사로 향했다. 하데스 인베스트먼트. 총 운용자산 20조 원의 사모펀드다. 그의 회사는 백만 평 규모의 센트럴 파크가 한눈에 보이는 빌딩에 자리 잡았다.

사무실에서 내려다보이는 광활한 센트럴 파크를 볼 때면, 폴의 야망은 더욱 꿈틀댄다. 폴은 한 통의 전화를 받았다.

"폴! 잠깐 시간 돼? 잠깐 할 이야기가 있는데 시간 되면 내가 바로 사무실로 찾아갈게."

잭의 전화였다.

잭은 폴의 대학교 동창으로 폴과는 아주 친한 친구 사이였다. 그리고 같은 사모펀드 업계에 종사하였으므로 종종 같이 투자를 하곤 했다. 잭은 타르타로스 인베스트먼트의 대표였다. 비록 폴보다는 운용자산이 작았지만 그래도 5조 원 규모의 작지 않은 사모펀드였다.

그가 사무실로 온다는 것은 투자할 건이 있다는 이야기다. 30분이 채 지나지 않아, 문을 등으로 열어젖히며 잭이 들어왔다. 그는 한 손에는 도넛 한 박스를 들고 다른 손에는 아메리카노를 들고 왔다. 대학교 시절부터 먹던 브랜드의 도넛이다. 많은 돈을 벌었음에도 바뀌지 않는 그의 식습관이었다.

잭은 다소 육중한 몸을 지녔으나 발걸음이 경쾌했기에 그의 몸무게를 짐작하지 못할 정도였다. 잭은 들고 온 도넛과 커피를 책상에 놓고 소파에 털썩 앉았다. 폴은 잭의 육중한 몸에 상했을 소파를 걱정했다. '아 저게 수억 원짜리 소파인데…, 망가지진 않았겠지.' 그가 올 때마다 항상 하는 걱정이다.

잭은 신이 난 듯 휘파람을 불었다. 그리고는 이야기했다.
"폴, 내가 좋은 건이 있는데 말이야. 내가 전에 괜찮다고 생각했던 Company S의 선순위 채권 있잖아. 그게 지금 가격이 반 토막 난 상태야. 따이산 그룹이 2조 원에 샀던 신발 회사 있잖아. 인수할 때 선순위 채권 1조 원을 빌렸는데, 지금 시장에서 반 가격이면 살 수 있다고!

팬더믹으로 채권가격이 떨어진 후에 잘 회복이 되지 않고 있어. 어때 바겐세일인데 나랑 같이 사볼래?"

폴은 마침 막대한 매각 차익을 거둔 상태였고 새로운 투자 대상이 필요한 터라 잭의 제안이 나쁘지 않아 보였다. 폴은 잭에게 이야기 했다.

"내가 직원들 시켜서 조금 더 알아볼 테니깐, 괜찮은 거 같으면 같이 사보자고."

폴은 직원들에게 보고를 받았다. 과거 Company S의 실적, 사업계획 등을 확인했다. 선순위 채권의 이자 지급에 문제가 없고 실적도 썩 나쁘지 않았지만, 후순위 대출 연체 여파로 선순위 채권가격이 꽤 낮게 형성되어 있었다.

일단 실적을 보았을 때, 선순위 채권이 반 토막 난 상태라면 선순위 채권을 투자했을 때는 돈을 잃을 가능성이 작다고 판단했다. 그리고 만기에 빌려 간 원금만 상환되더라도 두 배의 차익을 얻을 수 있었기에 타산이 나쁘지 않았다.

무엇보다 그의 흥미를 더욱 끌었던 것은 따이산 그룹

과 후순위 대주단의 히스토리였다. 후순위 대주단이 후순위 대출의 이자를 돌려받지 못한 지 1년이 지났지만 아무런 액션을 취하지 않은 것이 그를 흥미롭게 했다. 그의 시퍼런 눈동자에 빛이 났다. 사냥감을 발견한 것이다.

폴은 잭에게 전화를 걸었다.

"잭. 시작하자고."

그러고는 부하 직원을 호출했다.

"데이비드, 오늘부터 Company S의 선순위 채권을 액면가 대비 50~60% 정도 가격 수준에 매집하도록 하세요. 내가 말한 가격대에서 살 수 있는 한 최대한 많이 사도록 하세요. 알겠죠?"

"네. 알겠습니다. 보스."

데이비드가 대답했다.

얼마 지나지 않아, 하데스 인베스트먼트와 타르타로스 인베스트먼트는 선순위 채권 1조 원 중 7천억 원가량을 매집했다. 운용자산이 훨씬 많은 폴의 하데스 인베스트먼트가 자금의 상당 부분을 투자했다.

최초에 선순위 채권은 미국과 유럽의 투자자들을 상대

로 발행되었다. 미국 투자자들을 모집하기 위해 발행한 달러채는 총 6천억 원, 유럽 투자자들을 모집하기 위해 발행한 유로채는 총 4천억 원이었다.

그중에 하데스와 타르타로스는 선순위 달러채 6천억 원 중 총 4천8백억 원을 매집했다. 전체 달러채 중 80%를 가지게 된 셈이다. 그리고 선순위 유로채는 4천억 원 중 총 2천2백억 원, 55%를 보유하게 되었다. 둘은 짧은 시간에 선순위 채권 내 최대 투자자가 되었다.

그리고 폴은 즉시, 미국에 있는 대형 로펌을 고용했다. 그리고 사내 변호사들에게 수북이 쌓인 Company S 관련 투자 약정서들을 로펌과 함께 검토하도록 했다. 하데스 인베스트먼트가 선순위 채권을 매집한 지 몇 달 뒤 후순위 대주들이 담보권을 집행하려고 한다는 소식이 들려왔다. 폴은 흥미로워하며 속으로 생각했다.

'내가 알고 있던 아시아 투자자들 치고는 생각보다는 뭘 좀 해보려고 하네. 후후.'

그 소식이 들린 지 며칠 지나지 않아 로펌을 통해 폴에게 연락이 왔다. 후순위 대주단은 담보집행을 실행할 예정이고, 담보집행을 하기 위해서는 경영권 변동에 대한 선순위 채권단의 동의가 필요하다. 동의를 해주면 향후 매각 차익의 10%를 주겠다는 내용이었다. 폴은 가소롭다고 생각했다. 그리고 데이비드에게 말했다.

"일단 후순위 대주단이 애가 타도록 바로 회신을 주지 말고 한 삼일 정도 뒤에 매각 차익 70%를 달라고 법무법인을 통해 전달해주세요."

지시를 마친 폴은 텍사스행 비행기에 올랐다. 멧돼지 사냥을 위해서다.

폴은 예전과 마찬가지로 멧돼지가 머물기 좋을 만한 장소를 물색했고, 수십 미터 떨어진 곳에서 매복하고 있었다. 폴은 매복하고 있을 때의 정적을 즐긴다. 사람 소리는 들리지 않고 바람에 풀이 흔들리는 소리, 새가 지저귀는 소리가 좋았다.

정적을 깬 것은 그의 휴대전화 벨 소리였다. 보통 주말에 사냥을 가므로 진동으로 해놓는 경우가 많았지만, 이번에는 흔치 않게 평일에 휴가를 내고 사냥을 떠났다. 그래서 어쩔 수 없이 진동으로 해놓지 않았다.

마뜩잖은 표정을 지으며, 전화를 받았다.

"데이비드, 무슨 일입니까?"

"네, 보스. 휴가 중에 죄송합니다. 좀 급한 건이라 불가피하게 전화를 드렸습니다. 다름이 아니라, 따이산 그룹이 합작회사를 설립해서 Company S의 알짜 자산들을 빼돌리려고 하고 있습니다. 방금 Company S의 마이클 대표와도 사실을 확인한 내용입니다."

데이비드가 다소 급한 어투로 이야기했다.

"이런, 젠장 할. 알겠어요. 지금 당장 뉴욕으로 갈 테니 긴급회의를 소집해 주세요."

폴은 급히 지시하고는 전화를 끊었다.

그는 애꿎은 나무에 샷건 몇 방을 갈기고 총을 집어던졌다. 그리고 바로 뉴욕행 비행기에 올랐다.

뉴욕에 도착했을 때, 후순위 대주단으로부터 연락이 왔다.

'매각 차익의 30%를 떼어 주겠다. 더 이상의 협상은 불가하다. 추가적인 매각 차익을 위한다면 협상은 결렬이다.'

그 제안에 폴은 썩 기분이 좋지는 않았지만 지금은 여유를 부릴 상황이 아니었다.

후순위 대주단의 요구를 들어줘야만 했다. 폴은 지시했다.

"데이비드, 지금 당장 후순위 대주단의 요구를 수용하고 바로 경영권 변동에 대한 동의서를 작성해 주세요."

그날 이후, 후순위 대주단의 Company S에 대한 행보는 순조로워 보였다. 후순위 대주단은 얼마 가지 않아 Company S의 경영권을 확보했다. 하지만, 후순위 대주단의 바람과는 달리 시간이 지날수록 폴의 시간이 다가오고 있었다.

폴은 타고난 사냥꾼이다. 그에게 사냥감을 한 번 놓치는 일은 있어도 두 번 놓치는 일은 결코 없다. 그는 오랜 시간을 기다릴 수 있는 끈기를 가진 사내다. 그의 인내가 지금까지의 성공으로 그를 이끌어 왔다. 먹잇감이 미끼를 물 때까지.

폴은 데이비드에게 지시했다.

"데이비드, Company S에서 선순위 채권 만기연장을 해달라고 요청하면 최대한 해줄 것처럼 대해 주세요."

"네, 보스."

데이비드가 대답했다.

반년 정도 뒤면 Company S의 약 4천억에 달하는 선순위 유로채 만기가 도래한다. 즉, 경영권을 가져온 지 얼마 되지 않은 후순위 대주단이 돈을 구해서 선순위 채권자들에게 갚아 줘야 한다는 말이다.

물론, 후순위 대주단이나 Company S가 다른 선순위 투자자들을 구해서 기존에 돈을 빌려줬던 선순위 채권자들의 돈을 갚는 방법도 있다. 이것을 리파이낸싱이라 한다. 하지만, Company S의 매출 비중이 높았던 중국이 팬데믹으로 인해 봉쇄정책을 실시하면서 실적이 많이 하락하기 시작한 상태였다. 그래서 기존 선순위 투자자들을 대체할 새로운 투자자들을 찾기는 어려운 상황이었다.

얼마 후, 아니나 다를까 폴이 예상한 그대로 Company S에서 선순위 채권 만기연장 요청이 왔다. 하데스 인베스트먼트는 Company S와 후순위 대주단에게 선순위 채권 만기연장이 될 수도 있다는 희망을 불어넣었다.

'저희 선순위 채권단은 선순위 채권 만기연장을 적극적으로 검토 중입니다.'

Company S의 한도대출 만기 한 달 전. 폴이 기다리던 시간이 다가왔다. 한도대출이란 마이너스통장으로 기업이 일정 한도 내에서 마음껏 빌려 쓰고 갚을 수 있는 통장이다. Company S는 한도대출 1천억을 빌렸고, 기업의 실적이 좋지 않아 일시에 1천억을 갚기는 어려운 상황이었다.

폴은 그런 상황을 이미 꿰뚫고 있었다. 저번에 방심했다가 잠깐 긴장한 기억 때문에 더욱 철저하게 조사했다. 그날은 선순위 유로채 만기 석 달 전이었다.

하데스의 대회의실. 저 멀리 창밖으로 센트럴파크의 시작과 끝이 보인다. 폴과 잭, 그의 직원들이 모였다. 폴은 여기에 모인 사람들의 대장이다. 폴은 웃으면서 도넛을 먹고 있는 잭에게 윙크를 하고 사람들을 바라보았다. 그리고는 지시했다.

"데이비드, 지금 내가 말하는 것을 적어서 Company S와 후순위 대주단에 전해 주세요."

폴이 또박또박 말했다.

"우리는 적극적으로 선순위 채권 만기연장을 검토하였

으나, 기업의 상태를 고려했을 때 선순위 채권 만기연장이 불가능한 것으로 판단하였습니다. 그러니 선순위 채권 만기가 도래하는 시점에 선순위 채권을 상환하도록 하십시오. 만약, 선순위 채권이 전액 상환되지 않는다면 디폴트 상황이므로, 즉시 담보집행을 개시할 예정입니다.

만약 선순위 채권에 대한 상환 여력이 부족하다고 판단될 경우, 선순위 채권 만기 이전에 경영권을 우리에게 넘긴다면, 우리는 당신들이 투자한 금액의 5% 정도는 사례로 지급할 용의가 있습니다."

그의 말투는 고상하고 품격이 있었으나, 전달받을 이들에게는 괴팍하고 섬뜩한 내용일 수밖에 없었다.

"멋진 문장입니다. 보스."

데이비드가 말했다. 하데스 회의실의 사람들은 한바탕 크게 웃었다.

폴은 데이비드에게 추가로 지시했다.

"우리가 경영권을 가지고 온 다음에 드롭다운을 구체적으로 어떻게 실행할지에 대한 고민도 해 주세요."

"네, 보스."

분열

「명사」 찢어져 나뉨. 집단이나 단체, 사상 따위가 갈라져 나뉨

⁷ 분열

큰 함성으로 카운트다운을 한다.

"10, 9, 8, 7··· 3, 2, 1. 땡!"

"둥- 둥-"

보신각의 종이 울린다.

보신각에는 많은 사람들이 몰렸고 광화문까지 인파는 이어졌다. 한 해가 지고 새로운 해가 왔다. 수만의 사람들이 일순간 고요해졌다. 올해는 가족의 평안을, 건강을, 부를 달라고 저마다 빌었다.

나도 많은 인파를 뚫고 그 자리에 있었다. 올 한해는 가족들과 행복하고 건강하기를 빌었다. 날씨가 제법 쌀쌀했지만 수많은 인파의 강렬한 소망들이 주변 공기를 데웠다.

제야의 종소리를 듣기 위해 무리를 한 탓인지 출근길이 뻐근했다. 출근 시간이 되기도 전에 김대훈 대표로부터 문자가 왔다.

"여러분, 새해 복 많이 받으십시오. 새해부터 불편한 메시지를 보내 송구합니다. 선순위 대주단이 보낸 메시지입니다. … 긴급 대주단 회의를 개최하고자 합니다…."

해가 바뀌고 처음으로 출근하는 날, 해외에서 온 새해 선물을 받았다. 선물은 곱게 포장되어 있었으나, 악취가 풍겼고 차마 열어보기 힘든 상자였다.

'외국인들은 인정도 없나 이런 메시지를 새로운 해가 밝자마자 보내다니.'

꽤 오랜만에 개최한 대주단 회의였다. 아니 이제는 회사의 주주가 되었으므로 더 이상 대주단 회의가 아니라 주주회의다. 새로운 희망과 소망으로 시작해야 할 때 멀리서 날아든 비보로 인해 회의장은 낙담이 가득 들어찼다.

오랜만에 보는 얼굴들도 있었지만 새로운 얼굴들도 눈에 띄었다. 기관의 속성상 인사이동으로 담당자들이 바꾼 것이다. 의사연금의 마동훈 차장, 부광화재의 천 부장을 제외하곤 많은 사람들이 바뀌었다.

여기저기서 한숨을 쉬는 소리가 들렸다. 그럴 수밖에. 새해 벽두부터 날벼락을 맞았으니.

우리가 주주가 된 이후부터 Company S의 매출은 하락하기 시작했다. 팬데믹으로 제로 코로나를 고집하던 중국 정부에서 대규모 봉쇄정책을 실시하면서 중국 판매가 부진했기 때문이다.

매출이 거의 30% 정도 하락했고, 영업이익과 EBITDA는 매출 하락 폭보다 더 많이 하락했다. 여러 가지로 어려운 상황이었다.

김대훈 대표는 깊은 한숨을 내쉰 뒤, 목소리를 가다듬고 입을 열었다.

"신년 벽두부터 안타까운 소식을 전해드려 황망할 따름입니다. 선순위 채권단이 만기연장에 긍정적인 답변으로 일관해 왔기에 오늘의 일은 전혀 예상치 못하였습니다. 만약, 그들이 진작에 선순위 채권 만기연장에 부정적인 메시지를 줬더라면, 저희는 다른 방안을 찾아볼 수 있었을 텐데 지금에 와서 거절의 메시지를 보내고, 저희를 겁박하니 너무나 황당합니다."

김 대표는 억울한 듯, 울먹이는 듯 보였으나 이내 문장을 붙잡고 말을 이어 나갔다.

"현재 한도대출 만기가 한 달 전입니다. 그리고 선순위 유로채 만기 석 달 전입니다. 이렇게 촉박하게 일을 벌인 것은, 저희가 아무런 손을 쓸 수 없도록 치밀하게 계획한 일인 듯합니다.

또한, 선순위 채권 만기연장이 거부되었다는 사실이 한도대출을 해준 은행의 귀에 들어가게 하여 한도대출 만기연장을 방해하려는 수작인 듯합니다. 일단, 한도대출 1천억을 한 달 내에 막지 못한다면 저희는 디폴트입니다. 무조건 막아야 합니다. 그리고 혹시나 다른 방법이 있는지 다각도로 강구해보겠습니다."

다들 아무런 말이 없었다. 지금 상황에서 무슨 말이 필요하겠는가. 아니 도저히 할 수 있는 말이 없었다. 그간 왕 회장의 횡포를 저지하기 위해 노력한 일들이 떠올랐다. 국내 투자자들이 하기 힘든 해외 담보권 실행을 성공하지 않았던가.

그 어려움을 뚫고 한고비 넘겼다고 생각하고 한숨 돌리고 있을 때…, 위기는 다시 한번 우리들의 목을 조였다.

김 대표는 지푸라기라도 잡는 심정으로 사람들에게 말했다.

"그리고 한도대출을 해준 찰스은행에 아시는 분이 있으시면, 한 달 만이라도 만기연장을 해달라고 이야기해 주시면 감사하겠습니다."

찰스은행은 글로벌 투자은행으로 미국뿐만 아니라, 한국에도 지점을 내고 있었다. 찰스은행 한국 지점은 국내 투자자들과 교류가 있었으므로 시도는 해볼 수 있었다.

회의를 마치고 정찬성 팀장과 강남대로 변을 한동안 말없이 걸었다. 나는 이 정도로 작정하고 덤비는 것이라면 이기기 힘든 싸움이 될 것이라고 생각했다. 한참을 걷다가 정찬성 팀장이 물었다.

"오 차장, 혹시 국내 찰스은행 대표 연락처를 알면 좀 알려 줘 봐. 나도 사정을 좀 해야겠어."

정 팀장은 회사에 복귀하자마자 바로 찰스은행에 전화를 걸었다.

비슷한 시각. 의사연금의 마 차장도 국내 찰스은행에 사정을 하고 있었다. 물론 한도대출은 미국에서 해준 것이긴 하지만, 한국 지점을 통해 미국 본사에 이야기를 전달해 달라고 했다.

Company S에 투자한 국내 투자자만 여섯 군데, 다들 적지 않은 자금을 운용하는 곳들이다. 국내에서 영업을 하는 찰스은행 한국 지점장에게는 무시할 수만은 없는 요청이다.

케이자산운용 김 대표는 그동안 오랜 친분을 쌓은 국내 유수의 연기금 사람들에게 부탁을 했다. 찰스은행 미국 본사에 연락해서 만기연장을 좀 해달라고 말이다.

미국 텍사스 숲 속 들판. 폴은 과녁을 지긋이 바라보다 불현듯 생각이 떠올랐다. 데이비드에게 전화를 걸었다.

"데이비드, 지금 찰스은행에 연락해서 Company S가 빌린 한도대출 1천억을 우리가 갚아줄 테니, 한도대출에 대한 권리를 넘겨달라고 하세요. 그리고 찰스은행이 권리를 넘기면 한도대출 만기를 연장하지 말고 고의로 부도를 내세요."

한도대출의 권리가 하데스에게 넘어가면 우리들의 노

력은 모두 물거품이 된다. 지독했다. 지독하다는 말밖에 할 말이 없다.

폴은 전화를 끊고 다시 저격총의 과녁 너머로 들판을 바라보았다. 넓은 들판을 사슴이 전속력으로 뛰어가고 있었다. 그 뒤를 며칠을 굶은 듯한 치타가 쫓고 있었다. 폴은 숨을 멈추고 집중했다. 방아쇠를 당겼다. 총소리가 울렸고 사슴은 털썩 쓰러졌다.

여기저기서 연락을 받은 찰스은행은 고민에 빠질 수밖에 없었다. 하지만, 영업이라는 것이 그렇듯 고객들의 하소연을 무시할 수만은 없었다. 한국도 작지 않은 시장이었기에 매몰차게 내칠 수는 없는 입장이었다. 또한, 계약서상 한도대출은 선순위 채권보다 자금을 먼저 회수할 수 있었기 때문에 한 달 정도 만기연장을 해준다고 해서 찰스은행이 손해 보는 장사는 아니었다.

하데스의 제안도 고민을 해보았지만, 아무래도 한국 투자자들이 마음에 걸렸다. 만약 만기연장을 한 달 정도 연장해 준 뒤에도 돈을 갚지 못하면 그때 행동하면 되지, 군이 먼저 하데스에게 권리를 양도해서 미움을 살 필요는 없었다. 그래서 찰스은행은 한도대출 만기 이틀 전에 만기를 딱 한 달 연장해 주었다. 단 조건을 달았다. '더 이상 추가적인 만기연장은 없다고.'

정신없는 한 달이 지나고, 다시금 주주회의를 개최했다. 상황이 워낙 급박하게 돌아가니 빠른 회의를 위해 대면회의에서 화상회의로 전환했다. 화면 너머의 김대훈 대표가 말했다.

"많은 분들의 도움으로 가까스로 한도대출 만기를 한 달 연장하였습니다. 하지만, 찰스은행에서 더 이상의 만기연장은 어렵다고 통보를 했습니다. 그래서 저희는 남은 한 달간 1천억의 자금을 투자해줄 투자자를 찾아야 합니다. 하지만, 시간이 너무나 짧은 관계로 새로운 투자자를 찾지 못할 가능성도 있습니다. 그래서 여기 계신 분들께는 정말 죄송하지만, 혹시 한도대출에 투자를 해주실 기관이 있을까요? 물론, 의사결정이 힘드신 줄은 아나, 저희가 한도대출을 막지 못한다면 저희는 투자한 투자금 전액을…."

김 대표는 말을 잠시 멈췄다. 그리고는 말을 이어 나갔다.

"저희가 투자한 투자금 전액을 잃을 수도 있는 상황입니다. 지금 신민증권에서 한도대출에 대한 검토를 진행하고는 있으나, 가능할지에 대한 여부는 알 수 없는 상황입니다. 여기 계신 분들의 도움이 절실히 필요한 상황입니다."

그가 읍소하듯 이야기했다.

하지만, 담보집행을 했을 때와 달리 투자자들은 저마다 입장이 많이 달라진 상황이었다. 최근 Company S의 실적이 하락하면서 민평증권과 신민은행은 이미 일정 수준 손실을 인식한 상태였다. 그리고 기관들의 담당자마저 많이 바뀐 상황이었다. 괜히 잘못 손댔다가 불똥이 튈까 걱정하는 사람들도 많았다.

담당자가 바뀐 상황에서 투자한 자산이 전액 손실을 보더라도 바뀐 담당자 입장에서는 큰 해(害)가 없다. 원래 처음부터 투자가 잘못되었다고 이야기하면 끝이기 때문이다. 오히려 부실 자산을 살려 보려고 나섰다가 추가로 투자한 것까지 손실이 발생하면 손실을 키웠다고 도매금으로 넘어가기 십상이다.

한도대출의 남은 만기는 한 달, 한 달 내에 새로운 투자자를 찾는 것은 거의 불가능에 가까운 일이다. 통상 기관들은 투자 건을 검토하고 내부 승인을 받는 데만 아무리 짧게 잡아도 한 달은 걸리기 때문이다.

'이제는 끝이겠구나' 생각했다. 그리고 한편으로는 안심되기도 했다. '이제는 레거시가 완전히 정리되겠구나. 나는 이제 Company S라는 유산의 굴레에서 벗어날 수 있겠구나' 하고.

주주회의가 끝나고 윗분들에게 상황 보고를 했다. 한도대출 만기가 한 달 남았는데 한 달 이내에 1천억을 구하지 못하면 400억 원을 전액 손실 처리해야 한다고 말이다. CIO는 말이 없었다. 새해가 밝은 지 얼마 되지 않아 400억원 손실이라니, 청천벽력 같은 소리이리라.

보고가 끝나고 정찬성 팀장이 내게 왔다. 잠깐 담배 피우는 곳에 따라가자고. 정 팀장은 담배를 한 모금 깊게 빨더니 더 크게 한숨 쉬듯 내뱉었다.

"오 차장. 우리가 한도대출에 참여하는 것은 어떻게 생각하나? 연초부터 400억 원을 터트리는 것도 부담되긴

하지만, 추가로 투자하는 것도 부담되긴 해. 나는 오 차장이 판단하는 대로 할게. 만약에 살리기 힘들다고 판단되면, 윗분들한테 살리기 힘들다고 이야기할 것이고. 만약에 추가 투자를 한다고 한다면 끝까지 밀어 붙일게. 곰곰이 생각을 좀 해줘."

정 팀장은 내가 하겠다는 대로 하겠다고 말했지만, 은근히 내가 큰 짐을 맡아주기를 기대하는 듯했다. 나 빼고는 할 수 있는 사람이 없었으니 말이다.

나는 고민에 빠졌다. 부실 자산 관리라는 게 잘해봤자 본전이다. 왜냐하면 부실 자산을 잘 회수해야 투자한 원금 정도를 회수하기 때문에 성공적으로 회수하더라도 티가 나지 않는다. 또한, 나의 경우에는 부실 자산을 관리하는 것이 나의 성과에 전혀 도움이 되지 않기에 더더욱 내가 Company S를 살릴 이유가 없었다.

그뿐만 아니라, 잘못해서 손실이라도 나는 경우에는 덤터기를 쓰고 욕먹기 딱 좋다. 그래서 부실 자산에 추가 투자를 하는 것은 독을 든 성배를 마시는 일이다. 합리적인 의사결정을 하는 인간이라면 나는 단칼에 한도대출 참여를 거부했을 것이다. 냉정히 따지면 내가 투자한 자산이 아니고 그동안 그 누구보다 선량한 관리자의 의무를 다했기 때문이다. 지금 두 손 두 발 다 든다고 해서 아무도 욕할 사람이 없었다.

하지만, 나는 아무리 생각해도 합리적인 사람은 아니다. 객관적으로 좀 특이하고 이상한 사람이다. 객관적인 정세 파악이 되면서도 미련의 끈을 끊지 못하고 의리로 남아 있거나, 때론 불가능할 것 같지만 그것을 가졌을 때 오는 성취와 명성을 꿈꾸는 매우 비합리적인 인간이다.

국내에서 해외투자를 하면서 처음으로 담보집행, 출자전환, 리파이낸싱에 성공한 투자자가 되고 싶다는 마음이 꿈틀대고 있었다. 이뿐만 아니라, 나에게는 묘한 책임감 같은 것이 있었다. 채무불이행이 발생한 Company S 후순위 대출을 내가 맡겠다고 했을 때도 그 알지 못하는 책임감 때문이었다. '내가 아니면 이걸 또 누가 맡겠는가?'

양가적 감정이 주말 내내 나를 괴롭혔다. 생각이 정리

되질 않았다.

'To be or not to be. 아니, 죽일 것인지 살릴 것인지.'

일요일 저녁. 집 근처 한강 변을 한없이 걸었다.
그리고 결심이 섰다. 한 번 더 해보자고.

살려 보겠다고 결심은 섰으나, 해결해야 할 난관이 많았다. 먼저, 국내 여러 투자자들 중에 같이 투자할 기관이 없었다. 그나마 우리는 긴급 위원회를 소집해서 가까스로 일정을 맞출 수 있는 처지였다. 하지만, 의사연금의 마 차장은 한도대출 리파이낸싱에 참여하고 싶었으나, 내부 승인을 위한 절대적인 시간 부족으로 할 수가 없었다. 그리고 나머지 기관들은 이미 어느 정도 손실을 인식했기에 추가로 투자할 필요가 없었다.

농업인공제회는 통상적으로 최대 투자할 수 있는 금액이 400억 원이었다. 1천억 중에 600억 원이 모자란 셈이다. 천만 다행히 싱가포르계 헤지펀드인 메테우스 인베스트먼트가 600억 원을 대겠다고 나섰다.

각자의 사정과 처한 처지에 따라 한때 같은 곳을 바라보았던 우리들은 갈라지고 찢어졌다. 삶이 그러하듯 항상 같은 길을 갈 수는 없다. 하지만, 각자 처한 상황에서 최선을 다했기를, 가장 좋은 결과가 나오기를 기대할 뿐이다.

分裂

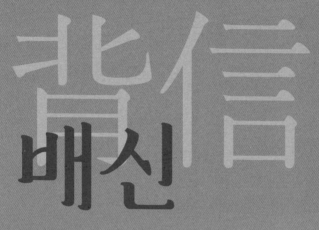

背信

배신

「명사」 믿음이나 의리를 저버림

⁸ 배신

서울 여의도 증권가의 사무실. 한 남자가 자신의 방에 앉아 담배를 태우고 있다. 전체가 금연 구역인데도 불구하고 건물 내에서 유일하게 자신의 흡연 구역을 가지고 있는 남자. 바로 신민증권의 박 사장이다.

그는 국내 증권가에서 미다스의 손으로 불릴 만큼 매년 큰돈을 벌고 있었다. 그래서 그는 신민증권에서 무소불위에 가까운 권력을 누렸다.

너무 달지도 쓰지도 않은 커피 한잔과 담배를 한 모금 하고 있을 무렵, 그는 한 통의 연락을 받았다. 케이자산운용의 김 대표였다. 용건은 Company S의 한도대출 투자를 검토해달라는 것이었다. 박 사장은 전화를 끊자마자 신민은행에 전화를 했다. 신민증권은 신민은행의 계열사다.

박 사장은 신민은행이 소액으로 Company S의 후순위 대출에 투자한 사실을 알았기 때문에 상황을 파악하기 위해 전화를 한 것이다. 저간의 사정을 들은 박 사장은 담배를 깊숙이 빨더니, 후 뱉으며 연기로 동그란 도넛을 만들었다. 그가 흥미가 가는 일이 있을 때마다 하는 행동이다.

투자할 의향이 있다고 해서 투자를 할 수 있는 것은 아니다. 기관이 투자를 하기 위해서는 명분과 실리, 둘 다 있거나, 최소한 둘 중 하나는 있어야 한다. 특히 부실 자산에 추가 투자하는 것은 더욱더 그렇다.

부실 자산에 추가로 투자하는 일이 아무리 높은 수익률을 가져온다 할지라도 반드시 추가적인 명분이 필요하다. 우리가 답해야 할 질문은 이것이다.

'처음에 투자했던 투자자들 중에 나머지 투자자들을 빼고 왜 우리가 추가로 투자를 해야 하는가? 그리고 추가 투자에 참여하지 않는 기관들에 대한 페널티는 무엇

인가?'

한도대출의 경우, 약정서상 선순위 채권보다 투자금을 우선 회수할 수 있는 권리를 가지고 있다. 그러므로 현재 Company S가 창출하는 1년~2년 치 현금흐름만으로도 투자금 상환이 가능한 수준이다. 그리고 이자를 8% 정도만 받는다면 경제적으로는 타당한 투자이다.

하지만, 가장 중요한 것은 참여하지 않는 기관들에 대한 페널티다. 감정의 영역이라 볼 수도 있지만, 어떻게 보면 정당화를 위한 가장 합리적인 수단이기도 하다.

같은 배를 탔으면서도 배에 물이 새고 있을 때 물을 퍼내지 않는 사람이 있다면, 열심히 물을 퍼내는 사람과 차별이 있어야 한다. 즉, 아무것도 하지 않는 사람들에게는 페널티를 주어야 한다는 뜻이다. 이것이 공평하면서도 사람들의 감정을 잘 어루만져 줄 수 있는 방법이다.

우리는 참여하지 않는 투자자들에게 페널티를 줬다는 수준의 생색내기용으로 형식적인 수준의 페널티를 요구했다. 그것은 가지고 있는 지분의 5%를 우리에게 내어

달라고 했다.

현재 기업의 실적이 많이 떨어졌기 때문에 각자 가지고 있는 지분의 가치는 많이 낮아진 상태이다. 또한, 한도대출의 만기가 연장이 안 되면 낮아진 상태의 지분도 다 날리게 된다. 그러므로 지분의 5%는 거의 부담이 없는 수준의 페널티다. 다들 무리 없이 페널티에 대한 동의를 해줄 것으로 기대했다.

하지만, 신민은행에서 지속적으로 페널티에 대한 동의를 거부하고 있었다. 페널티에 대한 동의가 이루어지지 않으면, 내부 승인을 올릴 수가 없는 상황이었다. 애가 탔다. 겨우겨우 결심을 해서 남들이 아무도 나서지 않는 상황에서 투자 건을 살리고자 했건만 겨우 페널티 5% 때문에 동의를 안 해주다니 화가 났다.

나는 신민은행의 담당 차장에게 전화를 걸어 버럭 화를 냈다. 하지만, 담당 차장도 윗분들이 동의를 해주지 않고 있다며 당혹스러워했다. 같은 월급쟁이로 이해 못할 바는 아니나 담당 차장이 미운 건 어쩔 수 없었다.

신민은행은 후순위 대출에 비교적 소액을 투자했고 Company S의 실적 하락을 이유로 대부분의 투자금을 이미 손실 처리한 상태였다. 그러니 소량의 지분을 넘겨주는 것에 더욱 동의를 안 해 줄 이유가 없다고 생각했다.

하지만, 신민은행은 그럴만한 이유가 있었다. 계열사인 신민증권의 박 사장 때문이었다. 박 사장은 한도대출 관련 이야기를 들었을 때 감이 왔다. 한도대출은 Company S가 다른 어떤 채무보다 가장 먼저 갚아야 하는 채무다. 그리고 회사가 어려워진 상황이지만, 당장 회사를 처분한다고 하더라도 다른 건 몰라도 한도대출은 무조건 받을 수 있다고 판단했다.

그리고 한도대출 만기가 연장되지 않으면, 주주들은 투자한 돈을 잃을 가능성이 크기에 굉장히 높은 수준의 금리를 요구할 수 있다고 생각했다. 또한 지분도 상당 부분을 달라고 하더라도 수용할 수밖에 없을 것이라 생각했다.

그는 한도대출을 상당히 긍정적으로 검토하고 있었다. 박 사장 자신의 손아귀에서 판을 이끌어 가기 위해서는 다른 투자자가 한도대출을 검토해서는 안 되었다. 그렇기에 신민은행은 계열사를 지원하기 위해서 우리와 메테우스가 먼저 승인을 얻어 한도대출에 투자하는 것을 꺼렸다.

나는 느낌으로 돌아가는 상황을 대략 파악했다. 그래서 더 화가 났다. '우리는 어떻게든 자산을 살리려고 발버둥 치고 있는데 자신의 이익만 챙기려고 하다니!'

이것은 명백한 배신이다. 신민은행이 밀정이 되어 계열증권사에 정보를 넘기는 것 같았다. 침략한 왜구보다 그 부역자들에게 더 화가 나는 마음을 이해했다.

나는 또 그가 떠올랐다. 고선조 팀장. 그는 혼나는 것을 싫어하는 사람이다. Company S의 이자 연체를 보고해야 할 자리가 있었다. 나는 보고서를 썼고 고 팀장은 내용을 위원들에게 보고를 해야 했다. 위원회 전날까지 나에게 아무런 말이 없었고 나는 보고자가 아니므로 보고에 대한 아무런 준비도 하지 않은 상태였다.

보고 당일, 아침에 고 팀장의 전화가 왔다. 건강검진을 예약했는데 그게 오늘이었단다. 자신도 깜빡하고 있어서 이제야 알았다는 연락이 왔다. 그리고는 보고 잘 부탁한다고 하고 전화를 끊었다.

나는 황당했다. 보고 두 시간 전에 받은 연락이었다. 나는 결국 어쩔 수 없이 고 팀장을 대신해 보고에 참석했고 미처 준비되지 않은 어설픈 발표를 할 수밖에 없었다.

그는 얼마 지나지 않아 사후관리팀으로 발령을 받았다. 사후관리팀은 부실 자산과 관련한 보고를 위주로 해야 하는 팀이었지만, 중요한 보고 때마다 고 팀장은 휴가를 썼다.

의사연금에서 나를 투자심사위원으로 위촉한 적이 있었다. 기존에는 고 팀장이 위원이었다가 그가 빠지고 내가 위원이 된 사실을 나중에야 알게 되었다. 물론 위촉되기 전에 알았다면 당연히 고사했겠지만, 당시에는 그 사실을 몰랐다.

고 팀장은 당시 의사연금에서 위촉을 담당했던 담당자에게 "머리에 피도 안 마른 놈을 위원으로 시키면 어떡하냐"고 소리 지른 사실을 전해 들었다. 어느 조직이나 같이 하고 싶지 않은 부류의 사람들은 있다. 그런 사람이 내 바로 옆에 있을 때, 내가 한때 믿었던 사람일 때는 더욱 심한 배신감이 든다.

한도대출 만기 나흘 전. 그때까지도 페널티에 대한 동의를 해주지 않은 상태였기 때문에 우리는 내부 승인을 받지 못했다. 다행히 신민증권의 한도대출 투자는 내부 승인이 났다. 비록 배신감이 들었지만, 만기연장을 해준다면 누가 하면 어떻겠는가.

하지만, 문제가 생겼다. 신민증권이 내부 승인은 득했지만, 계약서 검토에는 물리적인 시간이 걸린다고 하지 않는가. 그 말인즉슨 잘못하면 한도대출 만기까지 투자를 못 할 수도 있다는 말이다. 눈앞이 캄캄했다.

구세주는 별안간 나타났다. 전혀 기대하지 않고 있던 유럽 투자자였다. Company S 선순위 유로채의 가장 큰 투자를 한 투자자가 한도대출 1천억을 투자하겠다고 나섰다. 이미 승인도 완료한 상태였다.

대신 주주들에게 보유하고 있는 지분 7%를 달라고 했다. 우리로서는 선택지가 없었다. 지분 7%만 요구하는 것이 너무나 고마울 지경이었다. 유일하게 한도대출을 갚아줄 투자자였기 때문이다. 여기에 동의하지 않는다면, 우리는 투자금 전액을 날릴 수밖에 없었기 때문이다.

　자선단체를 빼고는 세상에 선량한 투자자는 없다. 유럽 투자자들이 우리를 도와준 것은 그들 나름대로 이유가 있었다. 그들은 하데스 폴의 악명을 익히 알고 있었다. 그리고 한 번 당한 적도 있었다.
　후순위 대주단이 선순위 대주단과 경영권 변동에 대한 계약을 체결할 때, 하데스의 폴 군단이 선순위 채권의 대부분을 가지고 있었다. 그렇기 때문에 폴 마음대로 선순위 채권에 대한 의사결정을 좌지우지할 수 있었다. 당시 동의도 선순위 채권단의 2/3 동의 사항이었다. 그리고 폴은 후순위 대주단과 계약을 체결할 때 매각 차익을 하데스 군단들만 가질 수 있도록 체결했다. 선순위 유로채 채권단 중 하데스 군단이 아니었던 45%는 매각 차익을 공유받지 못했던 것이다.

　이뿐만 아니라, 그들이 걱정하는 것이 하나 더 있었다. 바로 드롭다운(Drop-down)이다. 드롭다운은 대출 약정서의 빈틈을 이용해서 담보자산 중 일부를 빼내어 이 전시키는 행위를 말한다. 이렇게 담보자산을 빼내 기존에 담보목록에서 제외한 후 빼돌린 자산을 다시 담보로 잡는 금융 기법이다.

이 기법은 따이산 그룹의 왕 회장이 사용했던 방식과 매우 유사한 방식이다.

먼저, 담보 범위에 해당되지 않는 Company S의 자회사 A를 만들고 Company S의 지식재산권을 자회사 A로 현물출자를 한다. 그러면 Company S의 지적재산권은 자회사 A로 이전되고 기존에 채권단이 담보로 잡고 있던 목록에서 빠지게 된다. 그리고 Company S의 주주총회를 열어 자회사 A를 하데스 군단에게 담보로 제공한다.

이렇게 되면, 하데스 군단은 유럽 채권단들과 공동으로 담보로 잡고 있던 지식재산권을 온전히 자신들의 담보로 가져오게 된다. 유럽 채권단의 경우에는 기존에 담보로 잡고 있던 지식재산권이 없어지게 되는 것이다. 결국 같은 조건으로 투자했던 투자자들 사이에 차이가 발생하게 되고 담보를 가져온 쪽은 이득을, 빼앗긴 쪽은 손해를 보게 되는 구조가 된다.

이러한 이유로 유럽 선순위 채권단들이 걱정을 했던 것이다. 후순위 대주단, 현재 Company S의 주주들을 날려버리고 하데스 군단이 주주가 되었을 경우를. 하데스 군단이 Company S의 경영권을 가져가는 순간 자신들도 위험에 처한다는 것을 알았기 때문이다.

선순위 유로 채권단들 중 가장 큰 금액을 투자했던 투자자가 계산기를 두드려 보았을 것이다. 그리고 계산이 섰을 것이다. '한도대출은 어떠한 경우에도 잃지는 않겠구나'라는 계산이. 그렇기에 1천억이라는 큰 금액을 과감히 베팅했을 것이다.

우리는 김대훈 대표를 통해 저간의 사정을 들을 수 있었다.

뉴욕의 스테이크 하우스. 어스름이 내린 듯한 실내에 빛이 밝지 않아 명암을 길게 드리우는 조명, 잔잔한 흑인의 재즈가 라이브로 깔린다. 의자를 가득 채우고 남을 만한 몸을 가진 잭은 자리에 앉자마자 어린아이처럼 냅킨을 목에 둘렀다.

"잭, 이제 목에 냅킨을 그만 두를 나이가 한참 지나지 않았어?"

폴이 말했다.

"나는 냅킨을 목에 둘러야 음식을 더 맛있게 먹을 수 있다고." 잭은 허허 웃으며 대답한다. 항상 같은 말이다.

"그런데 말이야, 폴. 선순위 채권 만기연장 불가 통보를 조금 더 늦게 해주지 그랬어? 그래야 주주들이 손쓰기 더 힘들었을 텐데 말이야."

잭이 물었다.

"걱정 마, 잭. Company S는 새로운 투자자를 찾을 수 없을 거야. 선순위 채권을 만기연장하는 방법은 주주들의 주머니에서 돈을 꺼내서 메꾸는 방법밖에 없어. 뉴욕에 투자한 부동산들 좀 봐. 아시아 투자자들이 투자한 후순위에 문제가 생겼을 때 그들이 나서는 걸 본 적 있어?"

폴은 버번위스키를 한 모금 마시면서 이야기했다.

"그래 맞아. 하하. 그럼 걱정 없겠군!"

잭이 맞장구를 쳤다.

지글지글 타는 듯한 접시에 등심과 안심이 맛있게 썰려 있는 포터 하우스가 나왔다. 잭은 나오자마자 등심 세 조각을 입에 넣었다. 육즙이 터지고 목을 감싼 냅킨을 적셨다. 역시 잭은 냅킨을 목에 둘러야 했다.

背信

곡절

「명사」 구불구불 꺾여 있는 상태. 순조롭지 아니하게 얽힌 복잡한
사정이나 까닭

⁹ 곡절

며칠간 수차례의 회의가 계속되었다. 한도대출 만기연장으로 숨통이 트였지만, 4천억 원의 선순위 채권 만기가 다가오고 있었다. 다각도로 자금을 융통하려 알아봤지만 역부족이었다. 결국 기존 투자자들 주머니에서 돈을 마련하는 수밖에 없었다.

한도대출을 차환한 지 일주일이 지나자, 유럽 투자자들이 한 가지 제안을 해왔다. 자신들이 투자했던 선순위 채권의 만기를 연장해 주고 추가로 투자를 할 테니, 나머지를 주주들이 대라는 것이다. 그리고 선순위 채권 리파이낸싱에 참여하는 투자자들에게 Company S의 지분을 달라고 했다. 그들로서 드롭다운을 막기 위한 최후의 수단이었다.

선순위 유로채 총 4천억 원 중에 유럽 투자자들이 들고 있던 1천8백억 원을 만기연장해 주고 추가로 1천억 원을 태울 테니, 우리보고 1천2백억 원을 추가로 투자하라는 말이었다. 유럽 투자자의 제안이 고맙긴 했지만, 안 그래도 어려운 살림에 1천2백억 원을 태우라니 쉽지 않은 상황이었다.

물론 처음에 투자한 후순위 대출 5천억 원 대비 24% 수준의 금액이긴 했으나, 이미 부실로 낙인이 찍힌 자산에 거금을 투자하기란 쉬운 결정이 아니다. 그리고 누가 얼마를 투자할 것인지를 결정하는 것보다 중요한 일이 있었다.

'추가 투자를 하는 투자자에게 얼마를 떼어 줄 것인가?'

한도대출 만기연장을 할 때 고작 몇 프로의 지분 때문에 옥신각신하고 자칫 잘못했으면 일을 그르칠 뻔하지 않았던가. 그래서 나는 이번에는 절대로 그런 일이 발생해서는 안 된다고 생각했다. 케이자산운용의 김 대표도 같은 생각이었다. 그래서 얼마를 떼어 줄 것인가를 결정하는 회의는 대면회의로 진행하기로 했다.

김 대표는 모든 투자자들이 모여 주기를 간청했다. 나는 마음의 결심을 굳혔다. 이번에 반드시 모든 투자자들로부터 의견을 이끌어 내야 한다고.

지하철을 타고 정거장에 도착했다. 북적이는 인파를 뚫고 평소에 가던 출구로 방향을 틀었다. 출구가 공사 중이다. 나는 급히 휴대폰으로 지도를 켰다. 에스컬레이터가 없지만, 그다음으로 가까운 출구를 찾았다. 계단을 한참이나 올라갔다. 가는 길이 장날이라더니. 그쪽 출구도 막혔다. 겨우 세 번째로 찾은 출구를 통해서야 밖으로 나갈 수 있었다. 헉헉대는 숨을 골랐다.

다행히 회의장에 늦지는 않았다. 다소 좁은 회의실에 의사연금부터 농업인공제회까지 모든 투자자가 모였다. 김 대표가 입을 뗐다.

"바쁘신 와중에도 이렇게 멀리까지 와 주셔서 정말 감사합니다. 여기 계신 모든 분들의 현명한 판단이 중요한 때입니다. 아시다시피 유럽 채권단에서 제안을 해왔습니다. 금리나 선취수수료는 현재 시장 상황과 기업의 상황을 반영하여 합리적인 수준에서 결정될 것입니다. 하지만, 저희가 논의해야 하는 것은 유럽 투자자와 추가로 투자할 투자자들에게 얼마를 떼어 줄 것이냐를 결정하는 일입니다. 각자 기관의 대표로서 의견을 주시면 감사하겠습니다."

김 대표의 말이 끝나자 기관들은 눈치를 보기 시작했다. 누가 먼저 말할 것인가. 통상 의사연금의 의견을 먼저 듣고 시작했으나, 나는 선수를 치기로 했다. 나는 재빨리 손을 들었다.

"안녕하십니까? 여러분. 농업인공제회 오한비입니다. 저희는 지금 낭떠러지 앞에 서 있는 상황입니다. 만약, 선순위 채권 리파이낸싱이 되지 않는다면, 우리는 투자금 전액을 손실볼 수밖에 없는 상황입니다. 그러므로, 모든 것을 잃는 것보다는 조금이라도 건질 수 있는 방법을 택하는 편이 나을 것이라 생각합니다. 저희 공제회는 지분의 80~90%를 떼어달라고 하더라도 떼어 줄 생각입니다."

추가로 투자하지 않겠다는 투자자들에게는 강력한 무기가 있다. 그것은 '다 같이 죽는 것'이다. 어차피 다 잃을 각오를 했으니, 전부 손실을 보고 끝내자는 입장으로 접근하면 아무것도 내어주지 않아도 되기 때문이다.

그렇기에 배수의 진을 치면 조금 더 급한 쪽이 양보하기 마련이다. 하지만, 지금은 다른 이들의 양보를 끌어내야 한다. 아직까지 누가 투자할지 정해지지 않은 만큼 우리가 살과 뼈를 내놓겠다고 한 것이다.

"저희는 자기 자본으로 투자한 지분 전부를 내놓으라고 해도 내놓겠습니다."

김 대표가 나의 말을 받았다. 그는 나보다 한술 더 떴다.

"저희도 전부는 아니겠지만, 최대한 많은 지분을 내놓을 용의가 있습니다."

의사연금의 마 차장도 거들었다.

다들 내놓겠다는 분위기로 가니 기존에 지분을 많이 주지 못하겠다고 했던 사람들이 궁색해지는 상황이었다. 저번에 5%의 지분도 주기를 곤란해 했던 신민은행은 한 발 물러섰다.

"저희도 여러분들과 같은 생각입니다. 하지만, 윗분들께 보고하고 결정을 해야 하니, 최대한 많이 지분을 내놓도록 설득해 보겠습니다."

다른 투자자들도 어느 정도 선까지는 지분을 내놓겠다고 잠정적으로 타협하면서 회의는 끝이 났다. 일단은 저번에 가장 논란이 되었던 고비를 넘은 셈이다. 몇 번의 회의를 더 했고 잠정적으로 30%의 지분을 주기로 결정했다.

금리와 지분율. 어느 정도 조건이 확정되었다. 그리고 우리는 그동안 여러 차례의 회의를 하면서 고민 끝에 하데스 군단의 꾀를 역이용하기로 했다. 하데스 군단이 써먹으려고 했던 드롭다운을 그들에게 먹여버리는 역(逆)드롭다운을 해보기로 말이다. 즉, Company S의 지식재산권을 자회사로 이전시키고, 이전시킨 지식재산권을 유럽 투자자와 추가로 참여하는 투자자들에게 담보로 제공하는 것이다.

그러면 하데스 군단은 기존에 담보로 가지고 있던 자산을 잃게 되고, 유럽 투자자와 추가로 투자하는 투자자들은 추가로 담보를 더 얻게 되어 이득을 보게 되는 것이다.

이제 남은 것은 누가 추가로 참여할 것인지가 남았다. 나는 어차피 자산을 살려 보기로 한 거 끝까지 가보기로 했다. 의사연금의 마 차장, 부광화재의 천 부장이 뜻을 같이

했다. 우리는 서로 통화하면서 격려했다. 한번 가보자고.

싱가포르의 메테우스 인베스트먼트도 뜻을 같이했다. 국내 투자자들은 메테우스에 양해를 구했다. 한국은 부실 자산에 많은 돈을 태울 수는 없으니, 메테우스가 더 많은 자금을 투자해 달라고 했다. 아무리 짜내어도 한국에서 더 이상 돈이 나올 수 없으니, 메테우스는 어쩔 도리 없이 가장 많은 돈을 태우기로 했다.

메테우스 6백억 원, 의사연금 3백억 원, 농업인공제회 2백억 원, 그리고 부광화재 1백억 원의 군단이 꾸려졌다. 한 걸음만 헛디디거나 실수하면 낭떠러지다. 우리 중 하나라도 투자 승인을 얻지 못해 투자금에 구멍이 난다면 모두 끝장이다.

선봉은 우리가 서기로 했다. 가장 먼저 투자 승인 일정을 잡았다. 전투에서는 예봉이 중요하다. 선봉장이 패배하면 사기는 무너지고 전열은 흐트러진다. 우리의 승인 여부가 가장 중요했다. 우리가 승인을 받지 못하면 대오가 바로 무너질 것이고, 우리가 승인을 받는다면 다른 기관들의 내부 설득에 탄력을 받을 것이기 때문이다.

내가 짊어진 무게가 상당했다. 내가 하나라도 실수하거나, 자칫 위원들의 심기를 거슬러 투자가 부결이라도 나는 날엔 모두에게 역적이 될 수도 있었다. 완성된 보고서를 수십 번을 보았다. 그리고 이 길고 복잡한 Company S의 히스토리를 어떻게 이야기할까 많은 고민을 거듭했다.

아내 앞에서 몇 번씩 발표도 했다. 일반인이 들어서 이해하고 설득이 된다면, 누구든 설득할 수 있을 것이라 생각했다.

선순위 채권 만기 일주일 전, 투자위원회가 열리는 날이 돌아왔다.

"술잔이 식기 전에 돌아오겠다"라고 옆 동료에게 말했다. 그만큼 자신이 있었다. 어떤 상황에도 답변할 준비가 되었다. 어깨를 쭉 폈다가 호랑이 자세로 다시 숙였다. 발표를 하기 전 나만의 의식이다. 부실 자산의 원죄를 물려받은 죄인 목소리가 아니라, 말하는 듯하지만, 작지 않고, 울리는 듯하지만 크지 않은 목소리로 당당히 발표를 시작했다.

"오늘 보고드릴 안건은 Company S 선순위 채권 추가 투자의 건입니다…"

발표가 끝났다. 질의 답변 시간이다. 많은 질문이 오갈 것으로 생각하고 누가 어떤 질문을 할지 살펴보았다. 한 위원이 말했다.

"어쩔 수 없이 우리가 할 수밖에 없겠네. 다들 그렇게 생각하지 않습니까?"

다들 고개를 끄덕였다. 이제껏 했던 위원회 중에 가장 질문 없이 끝난 위원회였다. 나는 문을 나서자마자 안도의 한숨을 쉬었다. 정찬성 팀장이 고생했다며 어깨를 두드려 주었다.

선봉이 승리해서 돌아왔으니, 이제 우리의 가도에 탄력을 받는 듯 보였다.

폴은 평소처럼, 새벽 6시에 일어나 스트레칭을 하고 허드슨 강변을 뛰었다. 오늘따라 발목이 시큰했기에 조깅을 멈추고 자주 가는 카페로 들어갔다. 에스프레소에서 탄 맛이 났다. 원두를 너무 많이 볶은 것이리라.

누구나 부지불식간에 하거나, 꼭 해야만 일이 잘되는 자신만의 의식, 리추얼이 있다. 이른 새벽 폴의 리추얼은

삐걱거렸다. 항상 이런 날에는 자신이 의도하지 않은 일이 생기곤 했다. 폴은 속이 거북했다.

출근 후 데이비드의 보고를 받았다.

"보스, 농업인공제회에서 선순위 추가 투자에 대한 승인을 받았다고 합니다. 주주들의 추가 투자가 탄력을 받을 수도 있을 것 같습니다."

이것이 폴의 왠지 모를 거북함의 이유였다. 폴은 지시했다.

"데이비드, 우리가 보유한 네트워크를 이용해서 한국이랑 아시아에 소문을 퍼트려 주세요. 유로채 선순위 채권은 매우 위험한 투자라고. 투자금의 절반도 건지기 힘들다고요."

"네, 보스."

선순위 채권 만기 닷새 전. 부광화재의 투자위원회 소식을 들었다. 놀랍게도 부결이었다. 전날, 투자위원회를 하루 남기고 있던 부광화재의 천 팀장은 곤혹스러웠다. Company S의 선순위 채권은 투자금의 절반도 못 건진다는 소문을 들었기 때문이다. 이 소문은 곧 부광화재의 임원들에게도 흘러들어 갔다.

탄력을 받을 줄 알았던 우리는 되레 굉장히 곤혹스러운 상황에 처했다. 하나의 기관이라도 예정했던 투자금액을 맞추지 못한다면 선순위 채권 리파이내싱을 할 수 없기 때문이다. 우리들은 큰 혼란에 빠졌다. 특히 위원회를 이틀 남기고 있던 의사연금의 마 차장은 더욱 당혹스러웠다.

케이자산운용의 김 대표는 급하게 메테우스 인베스트먼트에 비보를 전했다. 그리고 부광화재가 채우기로 했던 1백억 원을 메테우스에 부탁했다. 메테우스의 제이슨 전무도 담보집행을 밀어붙이자고 했을 만큼 강성으로 호락호락한 사람은 아니다. 제이슨 전무는 모자란 1백억 원을 태울 테니, 한국 투자자들이 보유한 Company S 지분 20%를 달라고 요구했다.

황당한 요구였다. 하지만, 1백억 원이 채워지지 않는다면 우리가 이제껏 한 노력은 물거품이 되니, 김 대표는 투자자들의 의견을 물어볼 수밖에 없었다. 다들 황당해했다. 특히 의사연금의 마 차장이 격노했다. 당연한 반응이었다. 의사연금도 메테우스와 마찬가지로 다른 투자자들이 나서지 않는 추가 투자에 팔을 걷어붙이고 나섰기 때문이다. 그런데 추가로 지분을 요구할뿐더러, 메테우스 혼자만 추가 지분을 독차지하겠다니. 화가 치밀 만했다.

너무 급박한 상황이었고, 메테우스 인베스트먼트의 요구를 들어주지 않는다면 투자금 전액을 날릴 수 있었기에 의사연금을 제외한 나머지 투자자들은 메테우스 인베스트먼트의 요구를 들어주기로 했다. 하지만, 의사연금의 마 차장은 격노했고 최고투자책임자에게까지 보고를 했다. 의사연금은 자신들에게도 메테우스에 하는 것처럼 추가로 지분을 내놓지 않으면 투자를 하지 않겠다고 통보했다. 감정과 감정이 소용돌이쳤다.

메테우스 인베스트먼트도 그날 저녁 투자위원회가 열리기 때문에 결론을 내야만 했다. 물러서기 힘든 싸움처럼 보였다. 나는 번득 아이디어가 떠올랐다.

다른 한국 내 투자자들이 지분 20%를 추가로 내놓는 것에 동의했으니, 추가 투자하는 금액 비율대로 20%를 나눠 가지면 될 것 같았다. 그래서 윗분들께 말씀드렸고 다들 무릎을 쳤다.

의사연금의 주요 의사결정권자들이 격노한 상태이니 나보다는 회사 윗선을 통해서 의사연금에 연락하는 것이 해결의 실마리가 될 것 같았다. 그래서 퇴근 시간 무렵, 우리 CIO가 의사연금 자금관리단장에게 전화를 걸었다.

"단장님! 그 메테우스인가 멍텅구린가 하는 놈들 생 도둑놈들 아닙니까! 같은 편인 줄 알았더니만 이렇게 벗겨먹으려고 작정을 했네요. 저도 단장님 마음 충분히 이해가 갑니다."

CIO는 메테우스를 먼저 욕했다. 의사연금의 마음을 풀어주기 위해서다.

CIO는 다시 말을 이었다.

"근데, 저희가 이렇게까지 노력을 했으니 조금 더 해서 결실을 만들어 봐야 하지 않겠습니까. 그러니까 이렇게 하면 어떨까요? 다른 투자자들이 20%를 내놓는 걸 동의했으니, 저희랑 의사연금이랑 메테우스랑 금액 비율대로 나눠 갖는 걸로요."

"그걸 메테우스가 받아들이겠습니까?"

단장의 말이 원래의 결정보다 한발 물러났다.

"그럼요. 지들도 이렇게까지 끌고 온 마당에 별수가 없지 않겠습니까. 한번 역제안을 한번 해보면 어떻습니까?"

CIO가 말했다.

"네. 이렇게 속 시원하게 털어놓고 이야기할 사람이 없었는데, CIO님이랑 이야기 나누니 조금 화가 누그러지네요. 일단 말씀대로 해봅시다."

다행이었다. 우리와 의사연금은 합의를 했고 내용을 메테우스 인베스트먼트에 전달했다. 메테우스의 제이슨은 마뜩잖게 생각했으나, 합리적인 제안이니 더 이상 우길 방법은 없었다.

"일단, 저희도 투자위원회를 통과해야 하니 결과가 나오면 알려드리겠습다."라고 말했다.

그날 우리는 메테우스 인베스트먼트의 투자위원회가 끝나기까지 기다렸다. 자정에 가까웠을 무렵, 소식을 들었다. 안건이 통과되었다고.

이틀 후, 의사연금의 투자위원회도 무사히 통과되었다. 이제 다 마무리됐다고 생각했다.

유럽에서 연락이 왔다. 선순위 채권 리파이낸싱에 참여

하기로 했던 유럽 친구들 중 내부 사정으로 투자금이 모자란다는 이야기를 전했다. 한 투자자가 참여하지 못한 투자금을 다른 투자자가 일부를 충당했으나, 20억 정도가 모자란다고 했다. 모자란 20억을 주주들에게 요청했다.

지금껏 온갖 파고를 헤치며 4천억의 자금을 다 모은 줄 알았다. 하지만, 3,980억. 4천억 중 20억이 모자란 상황이다. 20억이 기관들한테는 적은 돈으로 보일 수도 있다.

하지만, 이미 참여 의사를 밝힌 의사연금과 우리는 투자위원회를 끝마친 상태였다. 그리고 다시 개최하려면 최소 일주일은 걸리므로 절대적인 시간이 부족했다. 메테우스 인베스트먼트도 한국에서 구멍 난 자금을 추가로 메꿔줬다. 그리고 메테우스 인베스트먼트 가이드라인상 투자할 수 있는 최대 금액을 승인받은 터였다.

더 이상 나올 구멍이 없었다. 필요한 자금의 99.5%를 모았는데 단 0.5%가 모자라 리파이낸싱이 눈앞에서 물거품이 될 터였다.

나는 답답한 마음에 하소연 차 케이자산운용의 김 대

표에게 전화를 걸었다.

"대표님, 지금 20억이 모자라는 상황인데 대표님께서 20억을 태워주시면 어떻겠습니까? 하하."

내가 넋이 나간 듯 이야기했다.

"허허. 오 차장님, 농담하시는 거죠?"

살짝 당황하기는 했으나, 그는 금세 하소연이라는 것을 알았다. 강남의 집 한 채에 해당하는 거금을 개인이 사재를 털어 투자한다는 것은 말이 안 되는 이야기였다.

"우리가 수많은 우여곡절을 겪으면서 여기까지 왔는데 일이 틀어질 것 같아 너무 속상하네요."

나는 한숨 쉬듯 이야기했다.

"네, 저도 그렇네요."

울먹이듯 김 대표가 말했다.

그날 저녁, 김 대표는 도곡역에서 탄천까지 이어지는 양재천을 따라 한없이 걸었다. 인간은 걸으며 회상하고 반추하고 사유한다. 인간은 걸을 수 있었기에 문명을 만들었고 철학을 만들 수 있었다.

김 대표는 그간의 일들을 회상했다. 그리고 생각했다.

'그만 내디딜 것인가, 한 발 더 내디딜 것인가?'

탄천 방향으로 들어서니 인적이 드물어졌다. 가로등이 눈에 띄게 줄었다. 그는 고개를 들어 하늘을 보았다. 오늘따라 달빛은 더욱 영롱했다.

그는 주먹을 불끈 쥐었다. 그는 발걸음을 되돌렸고 거침없이 걸었다.

선순위 만기 하루 전. 김 대표로부터 전화가 왔다. 자신이 모자란 20억을 채우겠다고.

뉴욕 인근의 골프장. 언덕 아래 잘 가꾸어진 묘목을 따라 푸르름이 펼쳐져 있다. 파쓰리라 하기엔 페어웨이는 드넓고 광활했다. 폴은 업계 지인들과 공을 치러 나왔다.
폴은 '그날' 이후 목이 자주 뻐근했다. 그는 늘 그렇듯 공을 주시하면서 몸을 회전했다. 폴의 허리는 꼬였다가 풀리며 공을 향해 온 힘을 다해 내려쳤다. 순간 그의 뒷목이 땅겼다. 그는 땅을 내려쳤고 아이언은 땅을 후벼 팠다. 빗맞은 공은 언덕 밑으로 구르듯 떨어졌다. 그는 죄 없는 아이언을 내팽개치듯 가방에 넣었다.

그날따라 날씨는 너무나 맑고 선선했다.

선순위 채권 만기연장은 성공했고 우리는 시간을 벌었다.

曲折

「명사」 어떤 일이 이루어지거나 하기를 바람. 앞으로 잘 될 수 있
는 가능성

¹⁰ 희망

앞으로 우리가 투자한 Company S의 운명은 어떻게 될지 모른다. 더 많은 우여곡절을 겪고 끝내 비극으로 끝날 것인지, 아니면 모두의 노력이 결실을 얻을지 알 수 없다.

지금의 거처가 마지막 둥지일지, 한두 철 전 머물렀던 둥지일지 모른다. 하지만, 나는 이제 떠나야 한다는 것을 안다.

다만, 우리는, 나는 매 순간 최선을 다했기를 바랄 뿐이다.

우리의 노력은 많은 사람들에게 잊히고 끝내 나에게조차 희미해지겠지만, 시간이 지날수록 무의식 속에 침전

하며 저 깊숙이, 더 깊숙이 뿌리 내릴 것이다. 언제 다시 올지 모르는 위기에 다시금 봉착했을 때 '그것'은 저 깊숙한 곳에서 우리를, 나를 구할지도 모르겠다.

希望

° 감사의 말

바쁘신 와중에서도 책을 읽어봐 주시고 출간을 격려해
주신 윤제성 뉴욕생명 자산운용 최고투자책임자님, 김
진우 前 군인공제회 대체투자본부장님, 장윤석 법무법인
세종 파트너 변호사님께 감사의 말씀을 드립니다.

그리고 제가 성장할 수 있도록 도와주신 군인공제회, 수
협중앙회 및 업계 선후배님들께 감사한 마음을 전합니다.

또한, 글재주가 없는 제자임에도 학창 시절 글쓰기를
격려해주신 김무봉 교수님께도 감사의 인사를 드립니다.

마지막으로, 항상 나의 옆자리를 지켜 주고 끊임없는
응원을 해 준 나의 아내, 부모님 그리고 장모님을 포함한
가족들에게 무한한 감사의 말씀을 드립니다.

참고
자료

Drop-down / Up-tiering(Priming) Case
: J.Crew Case

Drop-down은 금융기법 중 하나로 대주단(돈을 빌려준 은행 등)에게 담보로 제공한 자산 중 일부를 담보 범위(Restricted Group)에 포함되지 않는 특수목적회사(SPC) 혹은 자회사에 이전하는 행위를 의미한다. 이러한 Drop-down은 차주(돈을 빌린 기업)가 차주의 몫으로 자산을 이전하거나, 대주단 중 영향력이 큰 대주단에게 별도의 담보를 제공하려는 목적(혹은 추가차입의 목적)을 가지고 행하게 된다.

Drop-down은 기업의 실적이 나빠져서, 차주가 대주단이 투자금 회수를 목적으로 담보자산을 매각하는 것을 우려해 실행할 수 있다. 이 경우 차주는 우량 자산들을 담보 범위에서 제외함으로써 자산 일부를 확보할 수 있는 장점이 있다. 반대로 당하는 대주단의 경우, 최초에 대출을 실시했을 때보다 담보력이 약해진 상태로 바뀌게 된다. 차주가 돈을 제때 갚지 못했을 경우, 대주는 담보자산을 매각하더라도 빌려준 대출금을 회수하지 못할 가능성이 있다.

만약, Drop-down을 대주단 중 영향력이 큰 그룹이 실행하는 경우라면, 영향력이 상대적으로 적은 대주단 대비 별도 담보를 추가로 얻게 된다. 이로 인해 같은 대주단 내에서 담보력의 차이가 발생하게 되고, 투자금 회수 순위가 실질적으로 변경되는 효과가 발생하게 된다. 이를 Up-tiering 혹은 Priming이라고 한다.

실제로 상기 기법은 대주단의 반발, 소송 가능성 등이 존재하므로 대부분의 경우 대주단 중 영향력이 큰 대주단(다수 대주단)과 차주의 담합에 의해 이루어지게 된다. 노련한 해외 투자자들이 대출 약정서의 빈틈, 기업들의 어려운 상황을 이용하여 실행하고 있으며, 최근 다양한 방식으로 발생하고 있다.

앞서 말한 Drop-down의 대표적인 사례가 미국 의류, 패션 소매업체인 J. Crew 사건이다. J. Crew는 두 단계를 통해 Drop-down 거래를 실행했다. 먼저, 2016년 2.5억 달러 상당의 지식재산권을 자회사(자회사 A)로 이전하였으며, 대출 약정서상 허용된 투자 한도 범위 내에서 투자가 가능하다는 점을 이용해서 자산을 자회사로 이전했다. 이후, 담보 범위(Restricted Group)에 해당되지 않는 별도의 자회사(자회사 B)를 설립한 후, 이전한 지식재산권을 자회사 B에 현물출자했다.

이를 통해 자회사 B는 2.5억 달러 상당의 담보를 이전받았다. 반대로 기존 15.2억 달러를 대출해 준 대주단은 담보력이 17% 수준으로 약화되었다. J. Crew는 자회사 B에 이전된 지식재산권을 이용하여 추가로 대출 받는 행위를 하였다.

Drop-down 거래 구조

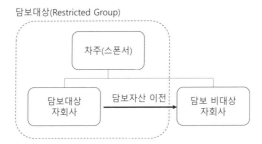

J.Crew Drop-down 구조 ⓐ

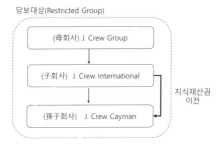

J.Crew Drop-down 구조 ⓑ

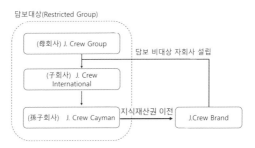

디폴트

펴낸날 2024년 3월 4일
2쇄 펴낸날 2024년 3월 11일

지은이 오윤석
펴낸이 주계수 | **편집책임** 이슬기

펴낸곳 밥북 | **출판등록** 제 2014-000085 호
주소 서울시 마포구 양화로 7길 47 상훈빌딩 2층
전화 02-6925-0370 | **팩스** 02-6925-0380
홈페이지 www.bobbook.co.kr | **이메일** bobbook@hanmail.net

전통적 투자 방식의 대안, 대체투자 핵심 따라잡기

대체투자
핸드북

오윤석 | 지음

전통적 투자(주식 · 채권)의 한계를 극복하는 대체투자!
미래 투자의 대세, 대체투자로 투자의 가치를 바꾼다!

Handbook of
Alternative
Investment

이 책은 디폴트라는 무겁고 다소 딱딱할 수 있는 주제를 기관투자자의 시각에서 소설 형식으로 생동감 있고 이해하기 쉽게 설명하고 있다. 대체투자 현업자뿐 아니라 대체투자에 관심 있는 개인에게도 일독을 권한다.

– 윤제성 뉴욕생명 자산운용 최고투자책임자

실무경험을 바탕으로 실제 사례를 보는 듯한 구성이 흥미롭습니다. IB 현장에서 생기는 일들에 대한 간접 경험이 될 것으로 기대합니다.

– 장윤석 법무법인 세종 파트너 변호사

금리인상지속, 부동산PF대출부실, 경기침체로 디폴트가 증가하고 있는 시기에 아주 시의적절한 소설이다. 박진감 넘치는 전개와 흥미로운 이야기는 독자들을 사로잡을 것이다.

– 김진우 前 군인공제회 대체투자본부장, 現 Greensledge 한국대표

우리의 노력은 많은 사람에게 잊히고

이 소설의 인물, 지명, 단체, 사건 등은
실제 사건과 무관하며
창작에 의한 허구임을 알려드립니다.

값 12,000원

03810

ISBN 979-11-5858-986-8

값 12,000원

03810

ISBN 979-11-5858-986-8